왕조의 아침

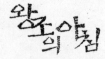

왕초의 아침

1판 1쇄 찍음 2015년 3월 26일
1판 1쇄 펴냄 2015년 3월 31일

지은이 | 김경록
펴낸이 | 정 필
펴낸곳 | 도서출판 뿔미디어

편집장 | 이재권
기획 · 편집 | 윤영상

출판등록 | 2002년 9월 11일 (제1081-1-132호)
주소 | 경기도 부천시 원미구 소향로 17번길(두성프라자) 303호 (우)420-864
전화 | 032)651-6513 / 팩스 032)651-6094
E-mail | bbulmedia@hanmail.net
홈페이지 | http://bbulmedia.com

값 8,000원

ISBN 979-11-315-6324-3 04810
ISBN 979-11-315-3650-6 04810 (세트)

록 대체 역사 소설

왕조의 아침 ⑤

북두성(北斗星)

뿔미디어

목차

제27장 사해(四海)의 사절이 ⋯7

　　　 개봉으로 향하고

제28장 개봉(開封) ⋯65

제29장 토우(土雨) 몰아치고 ⋯133

제30장 급전(急轉)의 바람 ⋯203

제31장 귀향(歸鄕) ⋯261

제27장
사해(四海)의 사절이
개봉으로 향하고

금나라 중도(中都).

당대의 금나라 황제인 완안량은 전대의 금 희종을 모
살(謀殺)한 뒤에 보위에 오른 뒤에 정력적으로 천도를
추진했다. 그가 국가적 사업으로 천도를 추진한 데에는
여러 가지 이유가 있었는데, 단순히 새로운 궁전을 짓
고 호사를 부리거나 중국 문화를 수용하기 위해서만은
아니었다.

가장 중요한 목적은 어디까지나 황권을 강화하기 위
한 것으로, 정치적 중심지를 여진족의 옛 땅으로부터
새롭게 정복한 화북 지역으로 옮겨 오는 것이 우선적인

고려 사항이었다.

황제는 장호(張浩), 소보형(蘇保衡)의 관료들에게 북송의 개봉부를 참조하여 중국식의 도성으로 건축하게 하였으며, 위치는 옛 요나라 남경(南京)의 성터를 확장하여 세우도록 했다.

두 해에 걸쳐서 연인원 120만 명이 동원된 끝에 새로운 제도(帝都)가 연경(燕京) 땅에 세워졌고, 황제는 연경을 중도 대흥부(大興府)로 이름 고쳐서 국도(國都)로 삼았다.

1160년 10월 10일, 고려 사절단이 금나라 황제에게 하례코자 중도에 들어온 바로 그날 아침, 황제는 이미 어가(御駕)를 남쪽으로 향하여 남경(南京) 개봉부(開封府)로 향한 뒤였다.

정민을 비롯하여 이제는 숫자가 반 이상 줄어든 사절단은 황제가 없는 도읍에서 며칠을 머무르며 다음 노정을 계산해야 했다. 중도의 동쪽 성문인 선요문(宣曜門) 인근에 마련된 객관에서 며칠간 외출을 삼간 채로 사절단은 잠시 긴장을 풀고 체류를 할 작정이었다.

"금 황제가 우리를 이렇게 푸대접할 것이라고는 이미 예상을 하고 있었다고는 하나, 벌써 남쪽으로 내려갔을 줄이야. 어째 이번 사행(使行)은 첩첩산중이로구먼."

중도에 입경(入京)한 뒤로 최유청의 표정은 계속 좋지 않았다.

그는 노독(路毒)에 몸이 지치기도 했거니와, 예기치 못한 커다란 정치적 급류에 휘말렸다는 생각에 마음도 좀체 편치 않은 모양이었다. 정민은 객관에서 그의 곁에 앉아 술을 한 잔 따르며 그의 심기를 다독이고자 했다.

"이미 예견된 일입니다. 지금 저희로서는 최대한 눈을 감고 귀를 닫은 채로 황제 앞으로 나아가는 것 외에는 할 수 있는 일이 없습니다. 황제는 저희가 죽어 실리를 얻기를 원했으나 결과적으로 져희는 지금 무사하게 되었으니, 송나라로의 남침을 앞두고 외교적 무리수를 두려고 하지는 않겠지요."

"그러나 황제가 우리를 제물로 이용하려고 했다는 사실은 변하지 않아. 범의 아가리에 머리를 들이미는 것 외에는 다른 길이 없으니……."

최유청은 얼굴을 붉히며 정민이 따라 준 술을 한 잔 들이켰다.

"결과적으로 시간이 우리를 살릴 것입니다. 황제가

바라는 것은 고려가 뒤를 노리지 않는 것이고, 그것은 요양의 완안옹도 마찬가지입니다. 때문에 황제는 사절단을 죽여서 고려에 암묵적인 동조를 얻고자 했고, 완안옹은 반대로 우리를 살려서 뒤를 안전케 하려고 한 것입니다. 다만 차이가 있다면 황제는 저희를 고려가 버리는 패로 보았고, 완안옹은 저희가 돌아가면 고려에 영향력을 행사할 것이라 본 것이지요. 이제 황제나 완안옹이나 시간이 없기는 마찬가지입니다. 황제는 서둘러 송나라를 공략해야 하고, 완안옹은 황제가 출정하기 전에 요양에서 있었던 일이 새어 나가기를 원하지 않습니다. 이제는 시간 다툼이지요. 황제는 요양의 진실을 알게 된다고 해도 이 시점에서 병력을 모두 그쪽으로 돌릴 수는 없습니다. 이미 송나라와의 국경까지 거의 모든 병사들을 보내 놓은 탓이지요."

"그러나 그게 어째서 우리 목숨을 보장한단 말이지?"

"남경에 가게 되면……."

정민은 다시 최유청의 술잔을 채워 주며 말을 이었다.

"저희는 이제 철저하게 완안옹을 비난하면서 황제의

비위를 맞추어야 합니다. 선수를 치는 수밖에요. 완안
옹이 얼마나 저희를 박대했는지, 저희가 죽을 위기에
처했음에도 얼굴 한 번 내비치지 않았다고 비난하면서
말입니다. 해동청과 공녀도 그에게 빼앗겼다고 해야 합
니다. 그리고 완안옹이 요양에서 인심을 잃은 것 같다
고 하십시오. 그의 병력은 보잘것없고 주색잡기에 빠져
서 정사도 돌볼 생각이 없다고 말입니다. 다만 그 주변
의 이석과 같은 자들이 공공연히 불만을 토하는 것은
보았다고 말해야 합니다."

"손바닥으로 하늘을 가리는 일이야."

"그래도 해야 합니다. 그리고 절반의 진실을 담은 거
짓말이 나중에 저희 목숨을 구해 줄 것입니다. 필시 요
양에서 반정이 일어난 것이 알려지는 것은 시간문제입
니다. 그러나 그 내막까지 알기는 어렵겠지요. 저희가
먼저 황제에게 요양에서 불만 세력들이 준동한다고 일
러바친다면 나중에 요양에서 정치적 변동이 일어났다고
해도 황제는 저희를 의심하지 못합니다. 그리고 혹여
완안옹이 실패해도 이것이 저희를 결과적으로 구원해
줄 것입니다."

"그것은 갈왕과의 신의를 배반하는 일이 아닌가? 혹

여 나중에 갈왕이 승전이라도 하면 우리를 배반자라고 하지 않겠나?"

"아닙니다. 갈왕 완안옹은 저희를 사지로 보냈다는 사실을 잘 알고 있습니다. 어느 정도의 술책은 눈감아 줄 것입니다. 그래서 절반의 진실이어야 합니다. 사실을 고하되, 갈왕에게 유리하게 고해서 황제가 이것을 당장 손 쓸 문제가 아니라고 여기게 해야 합니다. 그리고 그 정보가 부정확하다는 것이 밝혀져도 저희가 외부인이라는 사실 때문에 탓할 수 없을 것입니다. 내부자가 아닌 이상 모르는 것이 당연한 일들을 저희가 어찌 황제에게 고하겠습니까?"

정민의 말에 최유청의 표정이 조금 풀렸다. 그러나 그는 복잡한 마음이 여전히 개운해지지는 않은 모양이었다.

"제발 네 말대로 되기를 바라는 수밖에……."

"그리 될 것입니다."

"그렇다고 하더라도 매우 어려운 일이다. 설사 우리가 죽는다고 해도 고려에서는 좋아할 사람들이 많고, 황제는 잃을 것이 없고, 완안옹에게도 큰 손해는 아니다. 반면에 우리가 저들에게 목숨 값으로 제시할 수 있는 것은 아무것도 없지."

"역설적으로 저희 또한 더 이상 목숨 외에는 잃을 것이 없기에 자유롭습니다. 어차피 최악의 결과가 예정된 것이라면, 그것을 피하기 위해서 무엇인들 못하겠습니까? 마음을 편하게 잡수십시오. 작두에 목이 놓이지 않기를 바라는 사람은 괴롭습니다. 고려해야 할 것이 산더미 같지요. 그는 목숨뿐만 아니라 가족, 재산, 명성을 잃지 않을 방법까지 생각해야 합니다. 그러나 이미 작두에 목이 놓여 있는 사람에게는 고민할 것이 단 한 가지 문제로 줄어듭니다. 이대로 죽을 것이냐, 아니면 어떻게든 살아 나갈 것인가?"

정민이라고 두렵지 않은 것은 아니었다.

지금 이 시대를 살아가는 것이 과연 현실인지 거짓인지, 꿈인지 여분의 삶인지조차도 알 수 없었지만, 숨을 쉬고 심장이 약동하는 것을 느끼는 이상 이것이 삶이 아니라고 할 수는 없었다.

살아 있는 자들은 늘 죽음이 두렵기 마련이다. 그러나 죽음을 두려워하지 않아야 역설적으로 삶의 길을 열 수 있다.

'살고자 하면 죽을 것이고, 죽고자 하면 살 것이다.

지금은 그것 외에는 기대할 수 있는 것이 없잖아.'

이럴 때면 담배 한 대가 간절했다.

고려시대로 오게 되면서 담배는 피우고자 해도 얻을 수 없게 되었지만, 여전히 긴박한 상황에서는 담배 생각이 나곤 했다. 그럴 때면 정민은 심호흡을 하며 마음을 다스리고자 했다.

차가운 바람을 폐부에 깊숙이 넣고 나면 빠르게 뛰던 맥박도 가라앉고, 긴장된 뇌도 조금 차분해졌다. 정민은 들었던 술잔을 다시 내려놓고 최유청을 똑바로 바라보았다.

"저희는 살아 나갈 것입니다."

"그래. 그래야지. 여기서 죽을 수는 없지. 네 말대로 하마. 황제에게 엎드려서 개처럼 아양을 부려야겠다. 우리 임금이 하지 않은 말을 해서라도 그의 마음을 흡족하게 할 것이고, 완안옹을 내 혀로 열 번을 죽여서라도 황제의 마음을 사야겠다."

"고려나 완안옹은 문젯거리가 아니고 오로지 남송 경략만이 당장 생각해야 할 일이라고 여기게 만들어야 합니다."

정민의 말에 최유청이 고개를 끄덕였다. 그러나 그의

눈에는 아직 한 자락의 불안이 서려 있었다.

"그러나 황제 주변을 둘러싸고 있는 금나라의 신료들이 멍청이는 아니지 않겠느냐. 어차피 우리가 말을 하더라도 결국 황제는 그들의 의견을 중하게 듣고 결정을 할 것이다."

"저희는 금나라 조정과 싸우고자 가는 것이 아닙니다. 정확히 저희 목숨을 건질 정도로만 황제를 납득시키면 됩니다."

"해 보지."

최유청은 마지막 술잔을 털어 넘기고 자리에서 일어났다.

그는 도포를 다시 입고 방문을 활짝 열어 젖혔다. 차가운 바람이 세차게 방 안으로 흘러 들어왔다.

등잔의 약한 불빛이 거세게 흔들렸다.

"겨울이 이미 시작되었다. 춥고, 메마르고, 성긴 계절이지. 산천을 다 뒤져도 먹을 것을 구할 수 없고, 잠을 청하고자 누워도 뼈가 시리도록 추워 괴롭게 된다. 그래도 겨울이 지나가면 다시 봄이 찾아오지 않느냐? 필요한 것은 겨울이 올 줄 알고 봄이 올 때까지 나기 위한 장작과 식량을 준비하는 것이지, 겨울을 피하는

것이 아니다. 겨울은 피하려 해도 피할 수가 없으나,
봄까지 버틸 수는 있겠지. 지금 우리가 한 겨울에 있는
것을 알고 있으면 됐다. 술을 깨고 찬바람 몰아치는 길
을 헤쳐 나가는 수밖에."

"……."

"내일 바로 개봉으로 출발하도록 하자. 나는 술을 깨
고 잠을 청하러 가 보아야겠다. 너도 내일을 위해 오늘
은 그만 잠을 청하고 푹 쉬도록 해라."

최유청은 그렇게 말하고서는 문밖을 나서서 어둑한
정원 너머로 사라졌다. 정민은 그가 사라진 뒤로 한참
을 문을 닫지 않고 찬바람을 그대로 맞았다.

❖　　❖　　❖

정서는 요양에 아직 머물고 있는 오저군으로부터 서
간이 도달했다는 소식에 일찌감치 퇴궐하여 집으로 들
어왔다.

단단히 밀봉된 서간을 뜯자 한글로 빼곡하게 뭐라고
내용이 적혀 있었다. 앞부분을 대충 훑어보니 정민이
직접 쓴 뒤에 오저군으로 하여금 개경으로 보내도록 한

서간인 모양이었다.

정서는 아직 한글을 읽는 것이 익숙하지 않았지만, 글을 천천히 읽어 나가는 데에는 전혀 지장이 없었다.

'일찌감치 배워 두길 잘했군.'

한글을 읽는 법을 아는 사람은 고려 땅에서 극소수였다.

정민이 자신과 긴밀히 연락할 필요가 있는 사람 몇몇에게만 알려 줬기 때문이었다.

사실상 정민과 정서 부자를 포함해서 정민이 이끄는 상단의 수뇌부만이 한글을 읽고 쓰는 법을 알고 있었다.

때문에 한글로 적힌 문서는 혹여 남의 손에 들어간다고 하더라도 절대 내용이 알려질 우려가 없는 최소한의 안전장치였다.

정서는 조심스레 서간을 읽어 내려가다가 표정이 급격히 굳었다.

'역시. 최포칭 이놈이 김순부와 정자가를 시켜서 이런 사달을 낸 것이로구나. 사지를 찢어도 시원찮을 놈 같으니라구……!'

서간에 써져 있는 내용은 충격적이었다. 내심 짐작은

하고 있었으나, 심지어 국서(國書)를 위조하여 금나라 황제를 속였다는 사실은 그야말로 충격적인 것이었다.

정서의 서간을 쥔 손이 후들후들 떨려 왔다. 무섭거나 놀라서 떨리는 것이 아니었다. 오히려 그것은 분노에 가까웠다.

그는 서간은 와락 구기면서 주저앉았다.

'이 사달을 어떻게 처리해야 할꼬.'

그나마 다행이라면 김순부와 정자가가 요양에서 갈왕 완안옹에 의해 잡혀서 구금되어 있고, 완안옹은 정민과 밀약을 맺었다는 점이었다.

그러나 갈왕은 금나라 내부로 보자면 모반 세력이고, 금 황제는 여전히 건재 하는 상황이었다. 상황이 미묘하기는 고려 안에서도 마찬가지였다. 지금 내부적으로 실세로 떠오르고 있는 것은 최포칭 무리였다.

그들은 정함 등이 몰락한 뒤로 재빠르게 환관 등을 통해 국왕에게 접근하여 세력을 키우고 있었다. 반면에 김돈중과 정서의 관계는 점차 미지근해져 가고 있었고, 정서는 당장 국내 정치에 투여할 수 있는 자원이 많다고 하기는 힘들었다.

이런 상황에서 자칫 발을 잘못 디뎠다가는 정국이 건

잡을 수 없이 극단적인 방향으로 치닫게 될 가능성이 있었다.

균형은 늘 중요했다. 문제는 균형점을 어디에 놓을 것인가였다.

'이쪽에 가까운 쪽으로 가져와야만 한다. 사람의 숫자가 중요한 것이 아니라 얼마나 무게가 있는 사람이 이쪽에 있느냐의 문제이지. 다행이라면 태후폐하와 김돈중이 어쨌든 이쪽에 가깝게 서 있다는 것이다. 그리고 정중부도…….'

정중부를 생각하던 정서의 눈썹이 살짝 찌푸려졌다.

정중부는 아직 같은 편이라기에는 뭔가 꺼림칙한 부분이 있었다.

전폭적인 협력 관계라고 하기는 힘들었다.

더불어 정중부가 조정의 실력자라고 할 수도 없었다. 무반이 휘두를 수 있는 권력이래야 한 줌에 가까웠으며, 그나마도 임금의 호의 없이는 불가능한 것이었다.

정중부는 나중을 위한 패였지, 지금 당장 활용할 수 있는 패라고 하기는 힘들었다.

'결국은 김돈중과 다시 마주 앉는 수밖에 없나.'

일련의 사태가 아니었다면, 정서는 김돈중과 점차 거

리를 두려고 했었다.

정치적 이해 관계가 장기적으로 일치하기는 힘들다는 판단 때문에서였다. 조작된 임금 암살 사건 이후로 두 사람은 지나치게 함께 움직이지 않으려 했다.

공모(共謀)는 때로는 참가자들을 단단하게 묶어 주지만, 때로는 서로를 멀리하게 만들기 마련이다.

특히 권력자들 사이에서는 자신의 비밀을 쥐고 있는 사람은 지금 당장 손을 잡고 있다고 하더라도 잠재적으로 가장 무서운 적이 될 수 있다는 것을 염두에 두어야 했다.

"말을 준비해라. 내 밖으로 출타를 할 것이다."

정서의 고민은 길지 않았다.

김돈중에게 담판을 걸면 그는 전폭적으로 협조를 할 것이라는 계산이 있었다. 어떻게 보면 이길 가능성이 높은 도박이었다. 오히려 바꾸어 생각해 보면 일이 성공할 경우 또 김돈중에게 빚을 지워 두는 셈이 된다.

김돈중이 조정을 휘어잡기 위해서는 나라를 뒤흔들 정도의 사건이 필요했다. 그리고 지금 정서는 그것을 김돈중의 손에 쥐어 줄 수 있었다.

만약 성공한다면, 남은 일은 권력을 어떻게 배분하느

냐의 문제뿐이다.

"무슨 연유로 이리 급히 오셨소?"

김돈중은 갑작스러운 정서의 방문에 내심 당황한 눈치였다.

그러나 잔뼈 굵은 사람답게 겉으로 태연함을 가장하며 정서를 맞았다. 정서는 주변을 물려줄 것을 김돈중에게 청하고서는 그와 마주 앉았다.

"내가 오늘 여기 온 것은 아무도 모르게 해야 합니다. 아시겠습니까?"

"그렇게 하지요."

정서의 엄포에 김돈중의 안색이 급격히 굳었다. 그는 살짝 평정심을 잃을 뻔했다. 지금 정서가 꺼낼 이야기가 심상치 않은 것임을 느꼈기 때문이었다.

그는 살짝 떨리는 목소리로 정서에게 물었다.

"차 한잔 나누며 할 이야기입니까?"

"아닙니다."

정서의 말에 김돈중은 자세를 고쳐 앉았다.

"말씀해 보시지요."

"최포칭이 국서를 위조했습니다."

"그, 그 무슨 말씀이십니까?"

정서의 말에 김돈중의 평정이 급격히 무너졌다.

그는 순간 허를 드러냈다는 생각에 표정을 다시 굳혔지만, 심장이 떨려 오는 것을 멈출 수 없었다.

"사실입니다."

"증좌가 있습니까?"

"없습니다."

"그렇다면 무슨 연유로 이런 위험한 이야기를 꺼내시는 겁니까?"

증좌가 없다는 이야기에 김돈중은 간신히 평정을 되찾을 수 있었다.

이제 살짝 주도권이 넘어왔다는 생각에 그는 다시 침착해졌다. 그러나 정서는 기대와 다르게 눈썹 하나 꿈쩍하지 않고 입을 열었다.

"이번 사절단의 예빈소경 김순부가 지금 금나라 요양에 억류되어 있습니다. 그리고 내 사촌 형 정자가 일에 가담했습니다. 이들이 잡혀 들어간 사유는 감히 우리 금상폐하의 이름을 들먹이며 금나라 황제에게 사절단의 암살을 의뢰했기 때문입니다. 요양에서 이들을 취조하여 얻어 낸 내용이므로 증좌는 없으나 사실임에는 틀림없습니다. 사절단은 지금 요양을 떠나 중도로 다시 출발했고, 일의 전말을 담은 서간이 오늘 내 사저에 도착했습니다."

어차피 얼마 가지 않아서 만천하에 드러날 일이니 의심할 이유도 없다는 이야기였다.

물론 정서는 김돈중에게 사건의 중요한 부분들은 전달하지 않았다.

그것은 이 사태가 금나라 황제의 뜻으로 이루어진 것이 아니라 요양에 웅크리고 있는 갈왕 안완용을 비롯한 반정 세력들이 밝혀낸 점이었다.

그러나 김돈중을 움직이기 위해서는 최대한 불안 요소를 알리지 않을 필요가 있었다.

그리고 그래야만 정서가 주도권을 쥐고 있다 일을 도모할 수 있었다. 김돈중은 표정이 굳은 채로, 어렵게 입을 열어서 정서에게 되물어 왔다.

"최포칭과 연관이 있음을 증명해야 합니다."

"최포칭이 환관 백선연과 자주 회동함을 목격한 증언이 있습니다."

"그러나 그것이 국서를 위조했다는 증거가 되지는 않지 않습니까?"

"우리가 원한다면 언제든 금에서 김순부를 압송해 올

수 있다는 사실을 잊지 마셔야 합니다."

정서의 말에 김돈중은 침을 꿀떡 삼켰다.

정적 가운데에 그의 침이 넘어가는 소리가 정서의 귀에도 똑똑하게 들릴 정도였다.

정서는 내심 속으로 회심의 미소를 지으면서 김돈중에게 생각할 틈을 주지 않고 몰아붙이기 시작했다.

"감히 국서를 위조해서 임금이 직접 조칙을 내려 파견한 사절단을 처치하려고 하였습니다. 아시겠습니까? 이것은 대역죄에 준하는 일입니다."

"이, 임금이 동의했을 가능성은 없습니까?"

"설령 동의를 하였다 하더라도, 이 일에서 임금께서도 빠져나갈 구멍은 없습니다."

정서의 눈이 번득였다.

이 일이 공론에 붙여지는 순간, 임금은 정치적 입지를 위해서라도 최포칭을 버려야만 했다.

자기 신하를 사지에 몰아넣고 남의 나라의 손을 빌려 죽이려 했다는 혐의를 받고 싶어 할 임금은 없을 것이다.

설령 그게 사실이라고 하더라도 말이다. 더군다나 실제야 어쨌든 왕좌를 유지하는 데 있어서 늘 위협감을 느끼고 있는 임금이었다.

스스로 정치적 위기 상황을 만들고 싶어 하지 않을 것이다. 그렇다면 임금의 입장에서 선택지는 없다.

그것이 사실이든, 거짓이든, 최포칭과 환관 무리를 버리고 도덕적 권위를 보존하는 길 밖에는.

"이 일을 누가 알고 있습니까?"

"고려 땅에서는 지금 나와 김 공뿐입니다."

정서가 낮은 목소리로 속삭이듯이 말했다. 일단 김돈중을 부추기는 데는 성공했다.

그는 이미 이 내용이 미칠 파급을 다 계산했을 것이다.

정치적인 문제에 관해서는 머릿속에 주판이 들어 있다고 해도 과언이 아닌 사람이었다.

"김순부를 아무도 모르게 개경으로 압송해 와야 합니다. 내용이 알려진 것이 탄로가 나면 최포칭이 손을 쓸 수 있습니다."

"두 가지 방법이 있습니다. 하나는 사절단이 돌아오는 길에 같이 데려오는 방법이고, 하나는 그전에 이미 우리가 손에 넣는 방법이 있습니다. 둘 모두 사용 가능합니다."

"사절단의 귀국은 내년이나 되어야 가능하지 않겠습니까? 아직 최포칭이 안심하고 있을 때 안에서 흔들어놓으려면 가급적 빨리 김순부의 신병을 확보해야 합니다."

"그렇다면 귀공과 내 사병들 가운데 가장 날래고 빠른 자들을 보내서 인수해 오는 수밖에 없습니다. 지금 요양에 간관 김정명이 부상을 입어 남아 있고, 내 아들의 심복인 상인 오저군이 남아 있습니다. 이들을 통해서 요양성의 갈왕과 접선하여 신병을 인수받으면 될 것입니다."

"시급을 다투는 일입니다. 성공만 한다면 한 번에 최포칭 무리를 조정에서 쓸어 낼 수 있겠지만, 실패를 한다면 우리의 정치적 입지가 크게 흔들릴 것입니다."

"실패란 없습니다. 김순부와 거래를 한다면 더욱 좋겠지요."

"거래라 하시면?"

"김순부의 죽음은 피할 수 없을 것입니다. 그에게 가솔의 안전을 보장하고, 자기 한 목숨으로 깨끗하게 일을 마무리 지어 준다고 하면 우리와 거래를 하려 들 것입니다. 그자는 물증도 가지고 있을 것이고 최포칭과의 관련도 모두 증명해 줄 수 있습니다."

"그 정도야 일이 성공만 한다면 임금을 설득하여 그렇게 만들 수 있습니다."

"좋습니다. 그럼 요양으로 서찰을 보내도록 하지요."

정서는 그렇게 말하고서 자리에서 일어났다. 그리고는 올 때 썼던 삿갓을 다시 뒤집어쓰고서는 김돈중을 바라보며 말했다.

"오늘 귀댁을 다녀간 사람은 동경에서 올라온 중놈입니다."

"알겠습니다."

둘 사이에 살짝 긴장감이 흘렀다. 오늘의 일이 다시 조정을 크게 뒤집어 놓게 되리라는 사실은 의심할 필요도 없었다.

다만 춤추게 될 칼날이 어느 쪽을 향하게 하느냐는, 전적으로 지금부터 어떻게 하느냐에 달려 있었다.

중도를 떠나서 남경 개봉부로 가는 길의 전원(田園) 풍경은 생각보다 척박하지 않았다.

중도 대흥부를 둘러싼 중도로(中都路)의 경계를 넘어서면 하북동로(河北東路)의 영역이었고, 그 남쪽 끝이 남경 개봉부가 위치한 남경로(南京路)와 맞닿아 있다.

금나라의 로(路)라는 것은 후대의 성(省) 하나에 견줄 만한 것이니 하북 동로 하나를 가로지르는 것만 하더라도 만만한 일은 아니었다.

족히 보름 길은 다시 넉넉히 잡아야 했고, 예기치 않게 남경으로 옮겨 간 것은 금나라 황제이니, 사절단은 서두르지 않고 움직이기로 했다.

"이곳이 아직 송나라 땅이던 시절에는 황하(黃河)가 이 하북 동로를 관통하여 지금의 중도 바로 남쪽의 요나라와 국경이 그어진 곳에서 발해(渤海)로 흘러 나갔습니다. 그런데 이제는 물길이 바뀌어 남쪽으로 흘러 회수(淮水)와 초주(楚州, 現 중국 장쑤성 화이안시)를 거쳐서 동해(東海, 現 황해 및 동중국해)로 흘러 나갑니다. 이제 도도하게 흘러 나가는 물길을 이곳에서는 볼 수가 없게 되었지요."

중도에서 남경까지 길 안내를 위해 동행하게 된 마흔 남짓한 금나라 역관 워후[斡忽]는 남경까지 가는 내내 좋은 말동무였다.

정민은 간단한 여진어도 그를 통해 배우면서 여러 이
야기를 나눌 수 있었다.

그는 여진족 출신에 역관이라는 말직(末職)에 불과하
였으나, 외가가 한족이라 어릴 때부터 중국 문화에 노
출이 많이 되었다고 했다.

"그렇다면 물을 대는 것이 어려워져서 농사를 짓기가
어려워지지 않습니까?"

황하가 늘 같은 물길을 흘러 내려온 줄 알고 있었던
정민은 내심 놀라서 되물었다.

황하의 물길이 여러 차례 바뀌어 왔다는 사실은 전혀
몰랐던 것이다.

"황하의 큰 물줄기가 남쪽으로 내려간다고 해서 물
이 아주 없어진 것은 아니지요. 여전히 수많은 강들이
흐르고 있습니다. 수양제가 만든 영제거(永濟渠)도 아
직 거뜬합니다. 어하(御河)라고도 하는데, 도성 바로
동쪽 통주(通州)에서 노수(潞水)를 따라 내려가면 곧
운하로 들어갈 수 있게 되는데, 지금 통주의 배가 모두
남쪽으로 병력을 옮기는 데 징발되어 저희는 청주(淸
州)쯤에서 운하에 올라 개봉부로 향하게 될 것입니다.
뱃길로 열흘이면 황하와 인접한 위주(衛州)에서 영제

거가 끝나고, 여기서 황하를 건너면 바로 개봉부의 코앞입니다."

"뱃길로 간다고요?"

정민은 자기도 모르게 되물었다. 설마하니 수나라 때 건설한 운하가 아직 운용되고 있을 줄은 몰랐던 것이다.

막연히 지금 금나라 황제가 폭군이기도 하거니와, 송나라를 남쪽으로 쫓아내고 하북을 점령한 지 아직 그리 오래되지 않았기에 민생이 피로하고 삶이 궁핍할 줄 알았다.

사람이 많지 않고 사방으로는 개활지인 요동 땅을 지나 오며 그런 인상이 더욱 굳어졌었는데, 화북 지역은 막상 그렇지 않은 모양이었다.

전쟁을 거치며 화북의 인구가 많이 줄고, 때문에 농민 하나가 차지할 수 있는 땅의 면적이 느니, 지력 또한 회복되어 생각보다 소출이 좋고 물산이 풍부한 듯했다.

지금의 황제가 부역을 늘리고 이런저런 조세의 징발을 많이 한다고는 하지만, 직접 지켜본 금나라의 상황은 절망적이거나 하지 않았다.

오히려 고려의 농민들에 비해서는 사람들이 생기가 있었고 도시는 더욱 번창하고 있었다.

더군다나 때마다 흙이 쌓인 것을 준설해 주어야 하고, 길목마다 관리를 두어야 하며, 운하를 건사하기 위해 사람을 수태로 징발을 해야 하는데도 여전히 영제거를 잘 이용하고 있다는 사실은 지금 금나라의 기반이 생각보다 튼튼하다는 이야기였다.

"십수 년에 걸쳐서 중도로 수로(水路)를 대기 위해 준설하고 마을들을 복구해서 이제 큰 배들도 다닐 수 있게 되었습니다. 피로하게 말을 타고 육로를 달리는 것보다 편안히 배 안에 앉아서 가시는 것이 더 좋을 겁니다."

워후의 말에 정민은 금나라를 경시할 수 없다는 생각이 굳어졌다. 건국 후 십 년 남짓한 사이에 화북을 점령하고, 소수의 인구로 화북의 한족들을 통치하는 것이 쉽지 않았을 것이라 생각했다.

전란으로 국토가 황폐화되고 민심이 피폐해져 있을 줄 알았더니, 생각보다 나라가 잘 굴러 가고 있었다. 물론 절대적인 상태가 좋다고는 할 수 없을 것이다.

화북 지역의 삶은 아마도 북송 때 보다는 더욱 가혹

하고 힘겨울 것이다.

그러나 적어도 고려의 일반적인 전민(佃民)의 삶보다는 나아 보이는 것을 부정할 수 없었다. 심지어 두 나라 모두 전례 없는 악군(惡君)의 통치를 받고 있음에도 불구하고 말이다.

'오히려 패악으로는 금나라 황제가 한술 더 뜨지.'

정민은 한숨이 나오려는 것을 속으로 삼켰다.

화북은 이미 농경이 시작된 지 수천 년이 지난 땅으로 삼림은 모두 개간되고 지력은 쇠하여 늘 인구압에 시달리는 지역이었다.

문에 지금 남송이 웅크리고 있는 강남(江南) 땅의 곡식과 목재를 보충 받지 않으면 많은 인구를 지탱하기 어려웠다.

그러나 금나라와 송나라 간의 전쟁으로 인해 화북지역의 인구가 급감하여, 지력이 남아 있는 땅만으로도 현재 금나라의 천오백만 남짓한 인구를 먹여 살리기는 충분해 보였다.

정세가 안정됨에 따라 인구는 점차 불어나고, 황폐화된 도시와 임택(林澤, 숲과 못), 그리고 길들이 복구되어 가고 있었다. 아마 현재 금나라 황제가 부과하고 있

왕의아침

는 대규모 토건 공사와 병역 따위의 부역이 아니었다면 보다 더 빨리 안정화되었을 것이다.

"이거야 원, 수양제가 사람 손으로 천 리를 흐르는 강을 파냈더니, 앞으로도 천 년은 내려가겠구나."

청주(淸州, 現 허베이성 창저우시 칭현)에 이르러 대운하에 오르게 되었을 때 최유청은 남쪽으로 끝없이 뻗어 있는 영제거를 보고 감탄을 뱉어 냈다.

인간의 건축 기술이 자연을 압도할 정도로 발달한 시대의 장관들을 보았던 정민으로서는 그저 놀라운 정도였으나, 지금 시대에서는 인간의 힘으로 건설한 것들 가운데에서도 경이로운 것이라고 할 수 있는 대운하를 본 최유청의 감탄을 이해 못할 바는 아니었다.

그러나 그저 막연하게 지형의 높낮이가 거의 없는 평원을 따라 운하를 파내기만 했을 것이라고 생각했던 정민도 이미 갑문(閘門)으로 수위를 맞추는 기술을 확보해서 사용하고 있는 것을 보고는 놀라지 않을 수가 없었다.

예전 고려 사신들이 북송(北宋)에 입조할 때는 바다를 건너서 산동 등지에 내려 개봉까지 육로로 향했고, 금나라에 사절단을 보낼 때도 대개 종착지는 중도(中

都)였으니, 대운하를 직접 다녀 본 사람이 없는 것은
당연했다.

사절단 사람들은 때문에 다들 미리 청주에 준비되어
있던 십수 척의 배에 나누어 타면서 입을 다물지 못하
고 있었다.

이 운하를 따라서 개봉까지 갈 수 있다는 것 자체가
놀라운 일이었던 것이다.

'수양제가 판 운하가 청나라까지 천오백 년을 사용된
이유가 있구나. 중세의 고속도로라 할 만하다.'

인부들은 차곡차곡 사절단의 짐들을 실었는데, 개중
에는 정민과 최유청이 개인적으로 가져가는 물품들도
있었다.

금나라는 예외적으로 고려에게만 공식적인 조공 무역
외에 사절단에 참여한 사신들이 황제에게 직접 사사로
이 진상을 할 수 있는 사진례(私進禮)를 암묵적으로 허
락하고 있었다.

본래 이것은 국법으로 인정되지 않는 것이나, 금나라
에서는 자국과 고려의 관계를 고려하여 허가해 주고 있
었던 것이다.

때로는 규모가 지나쳐서 공식적인 조공품 보다 훨씬

만은 양의 사헌물(私獻物)이 황제에게 진상되기도 했는데, 이러한 사실을 잘 알고 있는 고려 사절단들은 미리 일찌감치 각기 금 조정에 바칠 물품들을 모아서 바리바리 싸 들고 여기까지 온 터였다.

최유청도 금나라에서 희소하여 비싼 값에 거래되는 동(銅)을 수레 두 개 분량에 싣고 있었고, 정민도 동경에서 황을 처분한 값으로 갈왕 완안옹에게 받은 것으로 비단과 금은을 사 두었다.

황제가 답례품으로 더 가치 있는 물건을 내리지 않는다 하더라도, 최소한 목숨 값의 역할은 해 주지 않을까 하는 기대 때문에 사진례를 위한 물건을 마련하지 않을 수 없었다.

황제에게 사사로이 물건을 바치고 보답을 받는 것 외에도, 고려와 서하(西夏) 사신들에게는 입경(入京)시에 이틀간 교역이 허가되었는데, 여기서도 이득이 남기는 할 터였다.

고려 종이와 청자 따위를 사절단 모두 팔고자 가지고 있었다.

이런저런 이유로 이번에는 사행단 규모가 결국에는 줄었고, 물건도 동경에서 많이 처분하고 왔다고 하지만 그래도 십수 척에 배에 나누어 실어야 할 만큼 양이 적지는 않았다.

"이제 슬슬 남쪽으로 출발하도록 하지요. 빠르면 열흘, 오래 걸려도 보름이면 개봉에 도착할 수 있을 겁니다. 그동안 배 안에서 편히 쉬시며 풍광을 즐기고 여독을 푸시면서 가시지요."

위후가 마지막 선적(船積)이 끝난 것을 확인하고, 배와 육지 사이의 가교를 치우게 하며 마지막으로 배에 올랐다.

중도에서부터 따라온 금 조정의 호송병들이 여기서부터는 청주에서 운하를 지키고 있던 병정들과 교대했다.

운하와 맞닿은 청주의 시가지를 빠져나오자 배는 천리 길을 남쪽으로 뻗은 운하를 천천히 달리기 시작했다.

추수가 끝나고 이제 보리가 심어진 전답이 광활하게 양쪽으로 펼쳐져 있었고, 대륙의 끝없는 평원은 지평선에서도 그 끝이 보이지 않았다.

이 운하의 끝에 북송의 옛 도읍이자 지금 금나라 황제가 기거하고 있는 개봉부가 자리하고 있을 터였다.

정민은 불안함과 긴장감이 뒤섞인 기분으로 낙조(落照)가 떨어지고 있는 서남쪽 지평선 끝을 바라보았다. 이제부터는 마음속의 칼날을 잘 갈아 두어야만 했다.

❖ ❖ ❖

야리웅(野利雄, 서하어 ji rjir xjow)는 보기 드문 준재(俊才)였다.

서글서글한 눈매와 매끄럽게 떨어지는 코는 잘생긴 문사(文士)의 것이었으나, 다부진 턱과 어깨는 그를 무골(武骨)로 보이게도 했다.

서른다섯의 한창 나이로 문무에 통달하여 서하에서는 그 이름이 잘 알려져 있었으며, 핏줄 또한 명문인 야리 일족에 속했다.

세상이 뒤숭숭하지 않았더라면 조정에 일찌감치 출사하여 크게 빛을 보았을 인재였으나, 초왕(楚王) 임득경(任得敬)의 전횡이 심해져서 서하의 황제는 운신의 폭이 좁아지고 있었고, 조정의 내외에는 모두 임득경의 사람들로 자리가 채워져 야리웅이 들어갈 자리가 없었다.

일찌감치 이러한 세태에는 정치에서 한 발짝 떨어져 있는 것이 일족과 자신의 안녕을 지킬 수 있는 방법이라 판단한 야리웅은 도읍과 한참 떨어진 사주(沙州)에 웅크리고 앉아서 도성의 일에는 간여치 않고 있었다.

그러나 그는 결국에 황제의 간곡한 부탁을 거절하지 못하고 장도(長途)를 나서야만 했다.

"지금 짐으로서는 믿을 수 있는 자가 없네. 지금 나라 안으로는 임득경이 짐을 위협하며 조정을 농단하고 있으며, 나라 밖으로는 금나라의 황제가 점차 압박을 해 오고 있네. 서요(西遼)는 어떠한가. 그들도 우리 서쪽 국경을 수시로 노리며 소란스럽게 굴고 있지 않은가. 이렇게 내외로 우환이 겹쳐 있는데 짐은 믿고 일을 맡길 자가 없어, 궐내에 앉아 허송 세월을 하고 있으니 울증(鬱症)만 날이 갈수록 더해 가고 있을 뿐이네."

황제는 부름을 받고 급히 흥경(興京)으로 말을 달려온 야리웅을 은밀히 만나서 답답한 심경을 토로했다.

야리웅은 가만히 부복한 채로 대하황제 이인효(李仁孝)의 말을 듣고 있었다.

황제는 복잡한 표정으로 자리에서 일어나 야리웅의

앞으로 다가와 그의 어깨를 꽉 부여잡으며 그의 귀에
대고 말을 이었다.

"이 상황에서, 짐이 어찌해야 좋겠는가? 현자(賢者)
의 핏줄을 이어 받은 그대가 생각하기에는 어떠한가?
나로서는 답이 보이지 않네. 금나라는 남송 정벌을 핑
계 삼아서 군병과 식량을 요구할 것이고, 그렇게 해서
국고를 거덜 나면 임득경이 신나서 금나라에게 나라를
들어다 바치겠다고 밀사를 보내겠지. 어떤가, 내 걱정
이 과한가?"

"소신도 그럴 것이라 생각하옵니다."

이인효의 말은 옳았다.

야리웅은 금나라 황제의 입장에서, 그리고 다시 임득
경의 입장에서 생각해 보았다. 지금 상황에서 두 사람
의 목적은 같았다.

바로 이 씨 황조(皇朝)를 끝내고 자신들에게 유리한
판을 새로 짜는 것이다.

물론 임득경은 금나라에 완전히 복속되기를 바라지는
않을 것이다.

그가 원하는 것은 이조(李朝)를 임조(林朝)로 바꾸는
것이지, 일개 금나라의 지방관으로 격하되는 것은 아닐

것이다.

그러나 이것은 금나라 황제와 임득경 사이의 사정이지, 만약 이들이 지금 복중에서 품고 있는 뜻대로 일이 진행된다면 서하의 황족 이 씨는 물론이거니와 그와 더불어 나라를 일으켰던 야리 씨와 같은 탕구트(Tangut)계의 명문 일족들도 모두 몰락을 면치 못할 것이다.

그리고 그다음에는 탕구트족의 나라는 사라지고 금나라에 병탄되거나 임득경을 위시한 한족의 통치를 받는 새로운 나라가 나타날 것이다.

적어도 그것을 바라지 않는 마음은 황제나 자신이나 마찬가지일 것이다.

"부황 성문제(聖文帝, 서하 숭종) 시절에는 이러지 않았네. 군주가 군주다웠었지. 그러나 지금은 어떠한가? 짐이 할 수 있는 것이 무엇이 있을까?"

황제가 탄식하듯이 말했다.

그는 힘겨운 표정으로 야리웅의 어깨에서 손을 떼고 다시 일어섰다.

야리웅은 부복한 채로 고개를 들지 않았다.

그는 복잡한 기분이었다. 한참이 지나서야 그는 입을 열었다.

"소신이 어찌하기를 바라시나이까?"

야리웅의 입이 떨어지자 황제는 기다렸다는 듯이 그를 돌아보았다.

"금나라에 사절로 가게."

"임득경이 경계할 것입니다."

"짐이 조정에 만약 금 황제가 남벌을 위한 병력을 요구한다면 응할 수밖에 없으니, 이러한 요구를 받아들여야 하는 사절에는 중하게 쓸 수 없는 사람을 보내야만 했다고 할 걸세."

"임득경은 그런 말에 넘어가지 않을 것입니다, 폐하."

"그렇더라도 어쩔 수 없네. 어차피 임득경이 언제고 반기를 들고 짐의 숨통을 죄어 올 것은 자명한 일. 지금으로서는 먼저 선수를 쳐서 임득경과 금 황제가 결탁하지 않게 막는 수밖에 없네. 경은 금나라로 가서 정황이 어떤지 살피고, 금 황제가 임득경이 아닌 우리가 더 이용하기 좋은 외교 상대라고 생각하게 만들어야 하네."

"판돈이 큰 도박이 될 것입니다."

"어쩔 수 없지 않은가? 가만히 있으면 이 나라는 문

을 닫아야 하네. 그러나 어떻게든 우리가 움직일 수 있
는 숨길을 열어 놓으면 그다음은 그때 가서 생각해 볼
수 있지 않겠는가?"

황제의 판단은 지금으로서는 옳았다.

어차피 손발이 다 묶여서 쓸 수 있는 수가 많지 않았
다.

어린 나이에 즉위한 황제는 불가피하게 임득경의 성
장을 막을 방법이 없었다.

그래서 그것은 바꿀 수 없는 현실이 되었다.

노도 같은 기세로 화북을 장악하고 서하를 압박하는
금나라의 기세도 황제가 어찌할 수 있는 부분이 아니었
다.

그러나 둘 사이에서 교란을 하고 보위를 지킬 방법은
지금이라도 궁리해야 했다.

어차피 도박을 걸 수밖에 없는 상황이면 내기를 키우
는 수밖에 없었다.

"삼가 명을 받들어 금국에 다녀오도록 하겠나이다."

야리옹은 결국 황제의 요청에 응낙할 수밖에 없었다.

단순히 황제에 대한 충성심이나 동정 때문이 아니었
다.

그 또한 결국의 이 사태를 방치하고 있다면 자신의 가문에도 파란이 닥칠 수밖에 없다는 사실을 인정한 것이다.

황제와의 관계는 보다 긴밀하게 결속되어야 했다. 이를테면, 황실과 야리 씨는 운명공동체에 가까운 것이었다.

"짐이 전권을 경에게 주겠네. 물론 그대는 현명하니 지킬 수 없는 약속을 금 황제에게 주지는 않을 것이라 믿네. 경이 생각하기에 합당하다고 판단되는 범위 내에서 최대한 금 황제를 꾀어야 하네. 그리고 가능하다면, 남송(南宋)이나 고려의 사신들을 이용해서 보다 전략적으로 움직이는 것도 좋을 걸세. 금 황제로서도 여기저기에 적을 만들어 두면 골치 아픈 일 아닌가? 남송공략에 집중해야 할 것인데."

"예, 폐하."

"좋네. 지금 이 궐전도 사상누각이네. 언제고 허물어져도 이상하지 않단 말일세."

"본디 모래땅 위에 세운 나라입니다. 모래가 흔들린다고 그리 쉽게 무너지지는 않을 것입니다."

야리웅은 진심을 담아서 황제에게 말했다. 애초에 쉽

게 무너질 나라였다면 지금까지 버티지도 못했을 것이다.

요나라도 북송도 결국 서하를 정벌하지 못했고, 요나라가 망한 뒤 서쪽으로 도망간 서요도 서하를 흔들지는 못했다.

건국 이후로 매년이 남쪽의 토번(土蕃, 티베트) 부족들과의 간헐적인 전쟁의 연속이었으나, 결국 그들도 경계를 넘지 못했다.

물론 지금은 경우가 조금 다르긴 했다. 내환(內患)이라 할 수 있는 임득경 때문이었다.

그럼에도 불구하고 야리웅은 아직 나라의 수명이 백년은 더 갈 것이라 생각했다.

임득경만 치워진다면 황제는 성군이 될 재목이었으며, 나라의 병사들은 아직 강건했고, 중국 땅에서 서쪽으로 무역이 오고 가는 길목을 쥐고 있는 탓에 재화도 충분했다.

금과 송의 두 거인이 어깨 씨름을 하는 동안, 그들이 한쪽으로 쓰러져 무너지지 않도록 허리에 묶어 둔 끈과 같은 것이 서하와 고려였다. 금의 황제는 그렇게 생각하지 않겠지만, 끈을 풀지 않고서 금은 송을 무너뜨릴 수 없었다.

야리웅은 이것을 황제에게 납득시켜야만 했다. 적어도 황제가 끈이 저절로 풀릴 것이라 믿게 만들어야만 했다.

'금 황제가 보통 미친 자가 아니라고는 하지만, 그래도 오성(悟性)이 없는 자라면 그 자리를 찬탈하면서까지 올라가지는 못했을 것이다. 잔인하고 난폭하다고는 하나 결국에는 자기 욕심을 이루기 위해 판단을 내릴 줄 아는 자라고 봐야겠지. 그렇다면 어떻게든 그가 원하는 고물을 들이 밀어서 꾀어내야 한다. 적어도 1년의 시간은 벌어야⋯⋯.'

서하와 금 사이의 국경을 건너 청수(淸水)를 따라 여러 개의 국경요새를 지나면 부연로(鄜延路)의 관부(官府)가 있는 연안부(延安府, 現 산시성 옌안시)였다.

서하에서 금나라로 들어가는 여러 길목 중 하나였다. 본래대로는 중도로 향할 것이었으나, 이곳에 도착하여 이미 도달해 있는 금나라 황제의 칙사를 만나게 되었다.

그는 방향을 돌려 지금 황제의 어가가 내려가 있는 남경 개봉부로 향하라고 야리웅에게 전했다. 야리웅은

밤새 잠을 이루지 못하고 연안부의 객관에 정좌한 채로
앉아서 고민을 거듭했다.

'금 황제는 진실로 남정을 할 생각인가? 아니면 그
저 그곳에다 군대를 늘어놓고 남송 사절단을 비롯해 우
리와 고려 사신들을 겁박할 생각인가? 아니면 대내적으
로 황권이 건재함을 확인시키려는 것인가? 우리 간자들
이 황제가 송나라를 칠 준비를 마쳤다고 알려 왔지만
그것만으로는 섣부르게 움직일 수가 없다. 혹여나 저
군세들이 임득경과 금 황제의 합의가 이루어져 우리 대
하로 진군한다면 그것대로 골치 아픈 노릇이다. 황제의
진의를 알아야 수가 날 텐데······.'

야리웅은 결국 더 이상 고민하기를 그만두었다. 지금
가지고 있는 정보로는 불완전한 판단밖에 할 수 없었
다.

그는 도박을 하더라도 직감에 따라서 패를 돌릴 사람
이 아니었다.

도박도 철저한 계산에 따라서 진행해야 한다. 그래야
따지는 못하더라도 잃지를 않는다.

더군다나 지금 하는 도박은 따려고 하는 도박이 아니
라, 잃지 않기 위해 하는 도박이었다.

절대로 밑천이 드러나서는 안 된다. 야리웅은 조심스러워져야만 했다.

임안부(臨安府).

강남(江南) 땅 제일의 고을로 수양제가 건설한 운하의 남쪽 종착지가 된 이래 여러 조대(朝代)를 내려오며 번창한 고을이었다

본래는 항구를 끼고 있는 큰 고을로, 북송(北宋) 때에는 양절로(兩浙路)의 수부(水府)로 항주(杭州)라는 이름으로 불렸었다.

그러나 정강의 변 때에 금군에 의해 개봉이 함락되고 황제와 상황이 모두 포로로 붙잡히는 지경에 이르자, 황제의 동생이었던 조구(趙構)가 제위를 이어 받았음을 천명하고, 급하게 항주로 천도(遷都)하여 이름을 임안부로 고쳤던 것이다.

그 뒤로 어언 30여 년이 흘러 전선은 교착되고, 옛 도읍을 찾을 가망도 없이 세월은 무상하게 지나가, 임안은 마치 옛적부터 도읍이었던 듯이 번창을 거듭하고

있었다.

이러한 평화는 진회(秦檜)의 손에서 나온 것이었다. 그는 절대 명재상이 아니었으며, 일종의 정상배(政商輩, 정치 장사꾼)에 가까운 자였다. 이러한 자들은 선이나 악으로 구분되지 않는다.

그들을 추동하는 것은 정치적 안위와 권세이며, 이 와중에 희생되는 자도 있고 이익을 보는 자들도 있다.

악비(岳飛)와 그가 이끌던 악가군(岳家軍)이 진회의 손에 정치적 제물로 희생되었고, 악비와 함께 금나라에 대한 주전을 주장하며 전선에서 병대를 이끌었던 명장 한세충(韓世忠)도 결국 진회의 농간에 못 이기고 퇴진 하여 은둔해야만 했다.

진회는 황제 조구의 심중을 누구보다 잘 읽었으며, 더 이상의 위험을 무릅쓰지 않고 반쪽짜리 황제로서라 도 안녕을 누리고 싶어 하는 그의 수족이 되어 움직였 다.

조구가 악비의 명성이 높아짐이 두려워 진회에게 몰 래 밀지(密旨)를 주자 진회는 정치적으로 악비를 고사 시키고 결국 형장의 이슬로 만들고야 말았다.

"아마도 그럴 것이오[莫須有]."

한세충이 악비가 역모를 꾸민 것이 사실이냐고 물으며 따지러 왔을 때, 진회는 위와 같이 말했다. 증좌가 있든 없든 악비를 처단하겠다는 것이었다.

한세충이 기함을 토하면서 '그런 세 글자로 세상이 납득을 하겠소!' 라고 외쳤으나 진회는 꿈쩍도 하지 않았다.

황제를 등에 업고 있었기에 한세충의 저항에도 불구하고 진회는 결국 악비를 처단할 수 있었다.

그리고 그와 함께 그가 얻어 온 것이 금나라와의 화평이었다.

백성들은 진회를 저주하고 죽은 악비를 칭송했으나, 역설적으로 전란 없이 강남이 번창할 수 있었던 것은 그가 정치적 거래로 남긴 평화였던 것이다.

그러나 그 평화에는 악비의 목과 한세충의 퇴진 외에도 다른 대가가 필요했다.

진회의 협상으로 인해 남송은 황하 이북의 땅을 모두 금나라에 양도하게 되었을 뿐 아니라, 매년 25만 냥의 은과 25만 필의 비단을 세폐(歲幣)로 바쳐야 했다.

더군다나 굴욕적이게도, 대외적으로 남송의 황제는 금나라 황제에게 군신(君臣)의 예를 취하고 칭신(稱臣)

해야 했던 것이다.

민간에서는 이러한 진회를 국적(國賊)으로 낙인찍었으나, 황제에게는 전쟁의 불안을 가시게 해 안위를 가져다주고, 내부적으로 명망을 얻어 성장하고 있던 군벌을 치워 주었으며, 수족처럼 움직여 준 진회가 누구보다 기꺼운 신하였다.

1155년, 소흥(紹興) 25년에 진회가 죽었을 때, 황제는 그를 신왕(申王)으로 추증하고 충헌(忠獻)이라는 매우 급이 높은 시호를 내렸다.

이제 황제 조구에게 남은 문젯거리는 후계였다. 그는 본래 자신의 제위가 매우 불안하다고 여겼었다.

때문에 금나라에 잡혀 있는 북송 마지막 황제였던 형과 상황(上皇)의 환송을 협상하는 데 매우 미적지근했다.

심지어 모후가 환송되는 것도 떨떠름하게 여겼을 정도였다.

핏줄 상 정통성이 떨어지니 그들이 돌아와서 제위를 다시 내놓아야 하는 일이 생기지 않기를 바랐기 때문이었다.

오히려 밀사를 보내서 금나라에게 돈을 얹어 줄 테니

그들을 붙잡아 두라고 할 정도였다.

그러나 정작 유일한 후계였던 원의태자(元懿太子)가 세 살의 나이에 요절하고, 금나라에 쫓겨 다니면서 심 인성으로 발기부전이 된 황제는 더 이상 후사를 생산할 수 없게 되었다.

모든 노력도 허사가 되자, 황제는 이것이 송나라를 건국한 송태조(宋太祖) 조광윤의 후계가 황위를 잇지 못했다.

그 동생인 송태종(宋太宗)의 가계로 제위가 이어져 온 때문이라 생각하고, 송태조의 후손들 가운데에서 영 민한 소년 둘을 황가에 입적시키고 그들 가운데에서 후 계를 정하고자 했다.

소년들 가운데 하나는 뚱뚱한 아이로, 이름은 조거 (趙璩)였다. 황제는 그를 은평군왕(恩平郡王)에 봉했 다.

다른 하나는 마른 아이로, 이름은 조완(趙瑗)이으며, 진안군왕(晉安郡王)에 봉해졌다.

사실 황제는 은평군왕 조거를 더 어여삐 여겼으며, 황태후와 진회와 같은 인물들도 모두 그를 후계로 밀고 있었다.

진안군왕 조완은 슬슬 후계 구도에서 멀어져 가고 있었으며, 조완뿐만 아니라 조거 또한 언제라도 황제의 후사가 생산된다면 팽해질 처지였다.

그러나 조완은 명민했으며, 사호(史浩)라는 훌륭한 스승도 곁에 있었다. 사호는 1144년에 진사가 된 뒤로, 종정소경(宗正少卿), 한림학사(翰林學士) 등을 거쳐 진안군왕에게 왕도를 가르치는 선생이 되었다. 때마침 그때에 진안군왕에게도 기회가 왔다.

황제는 더 이상 후계를 미룰 수 없다는 생각에 일단 두 군왕을 시험해 볼 요량으로 꾀를 내었다. 자신의 궁녀 가운데 용모자색이 뛰어난 스물을 추려서 열 명씩 각 군왕의 왕부(王府)로 보낸 것이었다.

사호는 이 소식을 듣고 바로 진안군왕 조완에게 달려갔다.

"폐하께서 심중에 뜻이 있어서 그리하셨을 것입니다. 궁내의 여자는 모두 황제의 것이니 감히 사사로이 봉왕(封王)과 공경(公卿)들이 함부로 하겠습니까? 응당 서모(庶母, 아버지의 첩)를 대하는 예로써 이들을 대접하셔야 합니다."

진안군왕은 사호의 말을 새겨들었다. 그는 궁녀들에

게 손끝 하나 대지 않고 풍족한 음식을 내가며 대접을 했다.

며칠 후, 황제 조구가 이 궁녀들을 다시 불러들여 회궁(回宮)하게 한 뒤 보니, 진안군왕에게 보낸 10명의 궁녀는 모두가 처녀를 잃지 않았으나, 은평군왕 조거에게 보낸 궁녀들은 모두 처녀를 잃은 뒤였다.

이 일을 계기로 황제는 은평군왕에 대한 편애를 멈추고, 진안군왕을 다시 눈여겨보기 시작했다. 어디까지나 자신의 안위가 최우선인 황제였다.

재목이 있다면 일찌감치 황위를 물려주고는 퇴위하여 정사에 손을 떼고 방종(放縱)한 노후를 즐길 생각으로 가득한 그였다.

그리고 그 안위를 보장받기 위해서는 후계자가 자신을 지극히 섬길 줄 알아야 한다. 그러니 아비의 계집에게 손을 대는 자에게 보위를 물려준다는 것은 다시 재고해 봐야 할 일이었다.

소흥(紹興) 30년(1160), 올해의 벽두가 밝았을 때, 황제는 둘 모두를 공식적으로 양자로 들여 황자(皇子)로 인정하였으나, 진안군왕 조완만을 건왕(建王)으로 진봉(進封)시키고, 이름을 조위(趙瑋)로 바꾸었다.

그러나 아직도 공식적인 황태자를 지명하지는 않았다.

아슬아슬하게 후계구도에서 앞서 나가기 시작한 건왕 조위도, 위기감을 느낀 은평군왕 조거도, 조심스러우나 서둘러서 궁중 관료들과 부황의 환심을 사기 위해 동분서주하고 있었다.

"아직 대내(大內, 황궁)에서는 가타부타 말이 없습니까?"

임안부 외성의 바로 서쪽에 면한 서호(西湖)의 절경이 펼쳐진 소공제(蘇公堤)에 서서 건왕 조위는 선 채로 스승 서호를 맞았다.

예부상서(禮部尙書)로 벼슬이 올라 이제는 건왕부를 떠나 조정에서 일하게 된 그였으나, 여전히 사석에서는 건왕의 스승으로서 조언을 아끼지 않았다.

오늘도 퇴궐하는 길에 미리 약속한 대로 소공제에서 건왕을 만나러 온 것이었다.

초로(初老)에 들어선 사호는 느긋하게 발걸음을 옮겨 건왕에게 다가가서는, 묻는 말에 대답은 않고 딴소리를 늘어놓았다.

"이 서호를 막아 세운 제방에 소공제란 이름이 붙은

연유는 잘 아시지요, 전하?"

"갑자기 그 이야기는 왜 하시는 것인지……. 알다마다요. 소동파(蘇東坡, 소식)가 항주 태수로 부임해 왔을 때 세운 둑이라 소공제라 이름이 붙은 것 아닙니까."

"그때 왕안석은 신법(新法)을 내세우면서 국정을 휘두르고 있었고, 소식은 여기에 반대해서 지방관으로 전전하게 되었지요. 이때 소식은 도읍의 일은 논하지 않고 묵묵하게 지방민을 위해서 일했습니다. 이 소공제도 그런 업적 중 하나이지요. 그 결과 결국에는 명망을 얻어서 자연스럽게 중앙으로 다시 올라갈 수 있었습니다. 그런데 가서는 또 왕안석 일파와 씨름을 하다가 종래에는 죽을 위기에 처해서 겨우 유배로 타협을 보았지요."

"……."

"지금 전하께서는 이 소공제로 명망을 얻어 다시 궁중으로 들어가게 된 소식과 같은 처지이십니다. 소식은 승승장구하며 어쩌면 재상까지 올랐을지 모르지만, 이내 다시 신법당과 대립하면서 말년에 오욕을 맛보아야만 했지요. 아직 황제 폐하의 심중이 굳어지지 않았습

니다. 정사에 관여하고 싶어 하는 것으로 절대 보이셔
서는 안 됩니다."

"스승께 일이 돌아가는 사정도 묻지 말라는 말입니
까?"

"당연히 아니지요. 다만 신은 전하께서 국정에 벌써
의욕적으로 참여하고 싶어 하는 것이 남들의 눈에 띌까
두려워서 하는 이야기입니다."

남쪽 땅이지만, 한겨울인지라 서호에서 불어 대는 호
풍(湖風)이 적잖이 차가웠다.

건왕은 슬슬 걸음을 움직이기 시작했다. 제방을 따라
걸어가는 건왕의 뒤를 두 발짝 쯤 뒤에서 사호가 따랐
다.

"그래도 걱정이 되는 것을 어쩔 수가 없습니다. 하정
단사가 제때 금나라로 도달하기 위해서는 이제는 인선
이 나오고 공물이 준비되어야 하지 않습니까? 이제 한
달 남짓 남았습니다. 며칠 뒤에 출발하여도 중도까지
가는 시간도 촉박할 것입니다. 금나라 도적들이 이용하
지 못하도록 황하 이남의 운하도 다 파괴하여 배를 탈
수도 없으니 육로로 가야 하지 않습니까?"

"다행인지 불행인지 지금 금나라 황제 완안량이 개봉

으로 내려와 있다고 합니다."

"개봉이요? 이자가 전쟁을 준비하는 것이 아닙니까?"

"그럴 가능성도 있지요. 때문에 이번 사절단의 역할이 막중합니다. 아무렇게나 구성할 수는 없지요. 폐하께서는 무슨 수를 써서라도 전쟁만은 피하려고 하실 겁니다."

"고토를 회복을 하여야 할 텐데, 무작정 충돌을 피하기만 해서야……."

"소신은 못 들은 것으로 하겠습니다. 누가 들으면 황제 폐하께 전하께서 역심을 품고 있다고 무고해 바칠 수도 있는 이야기입니다."

사호의 말이 옳았다.

건왕 조위는 굳은 표정으로 걸음을 멈추고 사호에게로 몸을 돌렸다. 차가운 바람이 다시 얼굴을 때렸다.

"제가 어찌해야 좋을까요, 스승님."

"전하께서는 일절 국사에 대해서는 말을 하셔서 아니 됩니다. 대신 전하의 뜻은 소신이 대신 궐내에서 반영될 수 있도록 하겠습니다."

"은평군왕이 사절단에 참여하기를 청한다는 이야기를

들었습니다."

"그로 하여금 가게 하십시오."

"혹여 그가 폐하께서 바라시는 화평을 얻어 오면 어떻게 되는 겁니까? 다시 폐하의 관심이 그에게로 기울어질까 두렵습니다."

"소신은 이번 사행 길은 얻을 것이 없고 잃을 것만 있다고 보고 있습니다."

"어째서입니까?"

"금나라 황제는 후안무치한 폭군으로 일전에도 우리 송의 미녀들을 얻기 위해 남벌을 하겠다고 선언한 인물입니다. 그는 멍청하지는 않으나 성정이 무뢰배에 가까운 사람입니다. 화평을 얻기 위해 우리 사절단이 가서 굽실거릴수록 우리를 얕보고 전쟁을 더 하려고 들 것입니다. 혹여 은평군왕이 몇 달간의 화평을 얻어온다고 하더라도, 내년 중으로는 이것이 깨어지고 전란은 피할 수 없을 것입니다. 그때에 가서 황제께서는 책임을 누구에게로 돌리려 하겠습니까?"

건왕의 등골에 소름이 쭉 뻗어 나갔다.

양부인 황제는 좀체 심중을 가늠하기 어려운 사람이었다.

그러나 적어도 확실한 것은 황제로서의 의무보다는 권리에 관심이 있는 사람이라는 점이었다.

그는 다시 개봉을 탈환하고 화북에서 금나라를 몰아내어 북송의 강역을 되찾는 것에는 한 뼘의 관심도 두지 않고 있었다.

오로지 신경 쓰는 것은 정치적 안위뿐이었다. 만약 불가피한 전란이 벌어진다면, 황제는 누군가를 탓하고자 할 것이다.

"그렇다고 아무 일도 하지 않고 있을 수는 없지 않습니까? 멀쩡히 전란이 일어날 줄 알면서 눈 가리는 식의 화평을 협상하러 가서는 정작 필요한 적군의 규모나 훈련 정도 따위의 정탐을 할 수 없잖습니까."

"이번 사절단에 그래서 눈여겨보고 있는 자를 참여시킬 생각입니다. 머리의 회전이 뛰어나고 심지가 굳은 자입니다."

"그게 누구입니까?"

"천주 동안현(同安縣)의 주부(主簿)로 있다가, 다시 중앙에 올라와 임관하기를 청하고 있는 주희(朱熹)라는 자입니다."

"고작 일개 지방 속현의 주부로 어찌하려 하십니까?"

"주희가 출세하지 못하고 있는 것은 과거에 합격하였을 때에 석차가 좋지 않아서인데, 330명 가운데에 고작 278등이었습니다. 그런데 이 석차가 좋지 않은 이유가 실은 금과의 전쟁을 지속할 필요성을 역설하는 답안을 썼기 때문입니다. 진회의 눈 밖에 났던 것이지요. 이 답안을 저도 읽어 보았고, 얼마 전에는 주희를 임안으로 불러서 이야기도 나누어 보았습니다. 제가 보기에 이자는 잠룡(潛龍)입니다. 기회만 얻는다면 그 포부와 역량을 펼칠 준비가 되어 있습니다. 그래서 기회를 줘 보려 합니다."

"주희라……."

"호헌(胡憲), 유면지(劉勉之), 유자휘(劉子翬) 같은 거유(巨儒, 이름난 선비)들에게 두루 사사한 자입니다. 명민하고 뛰어나니 나중에 전하께서 들어다 쓰셔도 좋을 자입니다."

"그에 관해서는 스승님께 맡기도록 하겠습니다."

"오늘은 결정을 내리지 못했지만, 금나라에게 보내는 사절을 꾸리지 않을 도리가 없으니 며칠 내로 규모와 인선이 결정이 날 것입니다. 은평군왕이 원한다면 아마 그가 예빈경(禮賓卿)이 되어 금나라로 가게 되겠지요. 그동안 전하께서는 왕부에 기거하시며 황제께서 좋아하시는 진귀한 동물과 예술품들을 모아다가 진상하십시오. 때로는 직접 대내에 가서 문안을 드리는 것도 좋을 것입니다. 폐하의 자녀로 있을 수 있는 것만으로도 복이 겹다는 듯이 행동하셔야 합니다. 오로지 그것만 하시면 됩니다. 금나라의 남침에 대비하여 얻어야 할 정보들은 주희를 비롯해 사절단에 사람을 심어 얻어 오게 할 것입니다. 그리고 만약 그때가 된다면, 전하께서 다시 웅지(雄志)를 펼치실 수 있을 것입니다."

사호의 말에 건왕 조위는 고개를 끄덕였다.

이제 얼마 뒤에는 서른다섯. 아직 조급할 것이 없는 나이였다.

어차피 어릴 때부터 궁내에서 인내를 배웠던 그였다. 기대도 하지 않았던 제위 계승의 지척까지 와 있는 지금은 오히려 사호의 말 대로 조심스럽게 움직여야 될 때인 것이다.

앞서 가고 있는 자에게 필요한 것은 심계와 여유이지, 조급함과 서두름이 아니었다.

어느덧 서호에서 불어오는 바람도 멎어, 더 이상 추

위가 느껴지지 않았다. 조위는 사호에게 웃음을 지어 보였다.

"왕부로 함께 들어가셔서 동파육(東坡肉)이라도 드시렵니까. 소식이 바로 이 서호에서 만들어 먹었다는 요리라는데, 얼마 전 입에 대어 보니 참으로 맛이 좋더군요."

"그리하지요. 전하께서 내주시는 음식이라면 무엇이든 소신에게는 기껍습니다."

사호가 껄껄 웃었다.

제28장
개봉(開封)

북송 말엽에 그 이름이 드높았던 소식(蘇軾)이 적벽
을 지나가다 읊은 부(賦)에 이런 내용이 있다.

固一世之雄也(한때의 영웅)

而今安在哉(지금은 어디에 있는고)

況吾與子(우연히 나와 그대는)

漁樵於江渚之上(강변 위에서 고기 잡고 나무를 베며)

侶魚蝦而友麋鹿(물고기 새우와 짝을 하고 고라니

　　　　　　　　사슴과 벗이 되어)

駕一葉之扁舟(한 조각 쪽배에 올라)

擧匏樽以相屬(표주박 들어 서로 술을 기울이며)
寄蜉蝣於天地(천지에 기댄 하루살이)
渺滄海之一粟(아득하게 넓은 바다의 한 알 좁쌀이라)
哀吾生之須臾(나의 삶이 찰나에 불과함을 아쉬워하며)
羨長江之無窮(장강의 무궁함이 부럽기만 하여라)

세상의 어느 도읍이 천만 년을 한결 같을까마는, 황하의 물길이 바뀌어 백리 밖 소택지(沼澤地)의 위에 서 있는 개봉부의 누항(陋巷, 좁고 더러운 마을)을 보노라면, 누구도 이곳을 50년 전에는 80만 인구가 살아가던 천하제일의 성읍이라 생각지 못할 것이다.

강상(江上)에서 저 멀리 보이는 개봉부의 성 밖은 이제 번창하던 저자와 마을들이 모두 사라지고 외롭게 우뚝 서 있는 성뿐이라, 북송(北宋) 일세의 호걸들 이름을 떠올리며 소식이 적벽을 보고 느꼈던 무상함만 떠오를 뿐이다.

1160년, 금나라 정륭(正隆) 5년이 저물어 갈 무렵, 개봉성 밖의 들에는 군마와 병졸들이 진을 치고 주둔하고 있었다. 성중으로 들어가고자 하는 자들은 철저한 검문을 받아야 했다.

황제가 친림해 있음을 알리는 어기가 성벽에 휘날리고 있었으니, 개봉 주변에서 대대로 살아오던 변량(汴梁)의 백성들은 그저 두려워하면서 성 근처로는 발걸음을 하지 않았다.

이러한 와중에 사방으로부터 새해를 축하하기 위한 사절단들이 속속 도착하여 남경 개봉부 성중으로 들어섰다.

이들은 먼저 개봉부에 드리운 삼엄한 분위기에 처음 놀라고, 뒤이어서 개봉 성내의 적적함에 두 번 놀랐다.

개봉은 여전히 큰 도시이기는 했다. 그러나 한때 이곳이 천하제일의 도읍으로 이름이 널리 알려졌던 곳임을 생각하면 그 몰락이 초라하기 짝이 없는 것이다.

금나라의 서울 가운데 하나이며, 재건된 궁궐과 관청이 여전히 위세를 부리고 있었으나, 북송 시절의 번화함은 그저 남아 있는 옛 그림으로만 확인할 수 있을 따름이다.

가장 먼저 개봉에 도착한 고려 사절단은 개봉성 북쪽의 옛 송나라 고궁(古宮)에 딸린 객사에 머물게 되었다.

송나라의 대궐은 몇 년 전 화재로 인하여 대부분이

소실되고, 중요한 몇몇 건물들만이 재건되어 있었다.

전부 타 버린 건물 아래 주춧돌 사이로 잡초가 비집고 올라와 있는 것을 보니 무상함만이 가득했다.

금나라 황제 완안량이 다시 개봉을 남경(南京)으로 삼고 나라의 배도(陪都)로 정한 지 아직 10년도 흐르지 않았다. 개봉이 옛 모습을 찾기까지는 아직 많은 시간이 필요할 듯했다.

지금은 번성하는 느낌보다도 하나의 거대한 군사 주둔지 같다는 인상을 지울 수가 없었다.

'완연한 전쟁 분위기네. 황제는 군대를 끌어 모아서 남경에 내려왔다는 사실을 감출 생각이 없는 것이다. 이제 송나라 입장에서는 겁을 집어먹고 세폐를 더 내면서 화평을 유지해 주기를 구걸하거나, 아니면 일전을 각오하는 수밖에 없겠지.'

정민은 객사에 놓여 있는 탁자에서 찻잔을 기울이며 개봉성 위로 눈발이 흩어져 내리는 모양을 가만히 보고 있었다.

이제 겨울이 물러갈 때가 되어 가니 아마도 마지막 눈일 것이다. 개봉도 꽤나 남쪽에 위치한 터라 눈이 잦지는 않은 모양으로, 지금 내리는 눈도 차라리 진눈깨

비에 가까웠다.

"우리는 하정단사(賀正旦使, 새해를 축하하는 사절)로서 온 것이기도 하지만, 일단은 폐하께 진공(進貢)을 드리기 위한 사절단이기도 합니다. 폐하께 본국이 약조 드린 대로 두 번의 입조(入朝)를 해야 할 터인데, 남경으로 남천(南遷)하실 줄은 꿈에도 몰라 이곳까지 내려오느라 시간을 지체했습니다. 이제 새해까지 고작 보름이 남았는데, 저희가 시간이 더 지체되기 전에 폐하를 한 번 알현을 할 기회가 있을까요?"

옆방에서는 최유청이 금나라 좌승상 장호(張浩)와 마주 앉아 이야기를 하고 있었다. 문 한쪽이 열려 있는지라 무슨 이야기를 하는지 굳이 귀를 기울이지 않아도 다 들려왔다.

정민은 여진말을 배우기로 작정한 터라, 역관이 말을 옮기는 내용도 주의해서 듣고 있었다. 교재도 없고 스승도 없어 아주 더디게 배워 가고 있었지만, 고려로 돌아가게 된다면 다르발지나 아신과 같은 이들을 통해 더잘 익힐 수 있을 것 같긴 했다.

"황제 폐하께서는 지금 심기가 불편하십니다. 고려에서 바치기로 한 해동청과 공녀들도 제대로 이곳까지 가져오지 못하지 않았습니까?"

"장 공. 공께서도 아시다시피 동경 요양부에서 도적 떼를 만나는 바람에 도리가 없었습니다."

최유청의 간절해 보이는 음성이 들려왔다.

"보기러(bogile, 勃極烈, 고관에 대한 존칭)께서도 아시겠지만, 폐하께서는 그러한 사정도 알고 계십니다. 그렇기 때문에 불러다 죄를 주지 않지 않습니까?"

"아니, 이보세요. 사절단이 귀국 경내에서 도적을 만났는데 왜 우리가 그것을 대속(代贖)해야 합니까?"

최유청의 언성이 높아졌다. 장호가 무슨 이유로 이렇게 강경하게 나오는지 알 도리가 없는 최유청으로서는 답답하기만 한 노릇이었다.

공식적으로 사절단에서 중책을 맡지 않고 있는 정민은 함부로 껴들 수도 없고 해서, 옆방에서 오고 가는 이야기에 귀를 더 기울이는 수밖에 없었다.

장호는 최유청을 조금 달래 보려는 듯, 조금 부드러워진 말투로 다시 입을 열고 있었다.

"그러니까 들어 보세요. 폐하께서는 본래 귀국에 진공사와 하정단사를 따로 보내기를 바라셨습니다. 그런데 귀국에서는 그냥 한 사절단이 두 가지 모두를 하겠다고 이렇게 왔지요. 폐하께서 어찌 노여워하지 않으시겠습니까? 그런데 귀 사절단이 도적떼를 만났다고 하니 이쯤에서 죄를 묻지 않고 묻어 두시겠다고 하시는 겁니다. 그러니까 사실상 이번 진공사는 없는 셈으로 하고 하정단사로서의 사절단만 받는 것으로 하시겠다는 겁니다. 그러니 걱정은 마세요. 귀국 입장을 생각해서 나도 입궐해서 그 입장을 잘 전달하지요."

장호의 말에 최유청이 대답이 없었다.

정민은 듣고 보니 황제가 지금 조였던 목줄을 조금 풀어서 고려 사절단을 어르려고 한다는 느낌이 들었다.

일단은 황제가 알기로는 사절단의 반절만 살아남은 것이니, 애초의 사절단을 이용해 달성하려 했던 목적은 이루었다고 볼 것이다.

이를 통해 갈왕 완안옹을 압박할 수 있게 된 것이다.

"그러나……."

최유청이 못내 석연찮다는 듯 나오자, 장호는 표정을 굳히고 목소리를 살짝 높였다.

"보기러! 사절단이 사무역을 할 물건들은 많이들 가져왔더군요. 도적떼를 만났기로서니 공녀와 해동청은 건지지 못하고 자기 물건들만 그리도 애지중지 챙겼습

니까? 폐하께서 이를 아시면 진노하실 겁니다. 이쯤에
서 그만두시지요."

보이지는 않아도 최유청의 낯빛이 상당히 굳었을 것
이다. 장호가 돌아가기만을 기다리고 있었던 정민은,
장호의 말을 듣고는 상황이 잘못 꼬이기 전에 그를 잘
달래서 이쪽 편으로 만들어 두어야겠다는 생각이 들었
다.

급히 자기 방에서 금보(金寶)를 가져오게 한 다음에,
귀한 비단에 잘 싸서 옆방으로 건너갔다.

갑작스러운 정민의 등장에 장호와 최유청이 멈칫했
다. 최유청이 무슨 일이냐는 시선을 주자, 정민은 공손
하게 장호에게 읍을 하고서 입을 열었다.

"소인은 도적떼의 손에 불행히도 유명을 달리한 예빈
소경을 대신하여 예빈경을 섬기고 있는 정민이라 하옵
니다. 예빈경께서 소공과 같은 대인에게 마땅히 선물로
드려야 할 물품을 준비하라고 일러 두었는데, 소인이
불민하여 준비가 늦어져 이제야 당도했습니다."

정민은 그렇게 말하고서 두 사람이 대화하고 있던 탁
자 위에 조심스럽게 비단에 싼 금덩어리들을 올려놓았
다.

장호는 힐끗 비단보 사이로 비치는 반짝거리는 황금들을 보고서는, 내심 보지 못한 마냥 정민을 향해 시선을 주었다.

"무엇을 바라고 드리는 것이 아닙니다. 다만 귀인께서 이곳까지 오셨으니 선물로 드리는 고려의 약재(藥材)일 뿐입니다. 집에 가서 달여 드시지요."

혹여나 사절단에게 뇌물을 받았다는 이야기가 새어 나가면 장호로서도 곤란한 노릇이다.

정민이 여기에다가 그냥 약재일 뿐이라고 못을 박았으니, 장호는 안심하고서 그것을 호종하고 있던 자기 사람에게 직접 건네주었다.

"여하간 폐하께서는 귀 사절단의 잘못에 대해서는 더 추궁하지 않기로 결정하셨으니, 정월에 송과 서하의 사절이 들어올 때 같이 궐전으로 나아가서 입조(入朝)의 예를 드리면 될 줄 압니다."

장호는 헛기침을 하면서 그렇게 최유청에게 말했다.

최유청은 여전히 떨떠름했지만, 죄를 묻지 않고 하정단사로서의 책무를 수행하게 해 주겠다고 하니 그 정도에서 받아들이는 수밖에 없었다.

그는 정민을 한 번 힐끔 보고서는, 분위기가 풀어졌

을 때 떡고물 하나를 더 던져야겠다고 생각했다.

"그리고 저희가 요양에서 본 것을 말씀을 드려야 할 것 같습니다. 요양부의 도적떼가 준동하는 것은 실로 단순히 치안이 미치지 못해서가 아니라 폐하의 통치에 불만을 가진 도당들 때문인 것 같았습니다."

"그게 무슨 말씀이신지?"

갑작스러운 최유청의 말에 장호가 날카롭게 되물었다. 그는 심상치 않은 일이라고 여겼는지, 아예 역관을 내어 보내고 종이와 먹을 준비하게 했다.

―자세히 적어 보시오.

―성내에서 폐하를 욕하는 무리들이 많았습니다. 그리고는 폐하의 성덕을 비난하며 마땅히 무너져야 할 것이라고 하더군요.

―혹시 갈왕이 그러한 일들을 조장하고 있소이까?

최유청이 정민을 힐끔 보았지만, 장호는 눈치채지 못한 모양이었다.

최유청은 고개를 저으며 다시 붓을 들어 글을 써 내려갔다.

―그것은 아닌 것 같습니다. 다만 요양 경내의 발해인들이나 거란인들이 불만이 많아 보였습니다. 이들 가운

데 일부는 무장을 하고 동경로 일대를 떠돌며 도적질을 일삼기도 하는 모양이었습니다. 저희를 습격한 자들도 그러한 무리 가운데 하나일 것입니다.

—알겠소.

장호는 붓을 놓고서는 침중한 표정으로 자리에서 일어났다. 그는 다시 역관을 불러들인 다음에 신신당부하듯이 말을 덧붙이는 것을 잊지 않았다.

"오늘의 이야기는 밖으로 새어 나가서는 안 될 것입니다. 내가 그동안 최대한 귀 사절단의 편의를 봐 드리겠으니, 원단(元旦, 설날)의 대례(大禮)만을 잘 준비하고 계십시오. 황제 폐하께서는 고려 사절단을 더 질책하지 않으실 겁니다."

지금으로서는 장호의 말을 믿는 수밖에 없었다.

어차피 금나라 황제의 결정에 언제고 처지가 위태로워질 수 있는 상황이었다. 일단은 조심스럽게 시키는 대로 하는 수밖에 없었다. 최유청과 정민은 장호에게 읍을 하며 전송을 했다.

"살펴 돌아가십시오."

"그럼 조만간 또 뵙도록 합시다."

장호는 그렇게 말하고서는, 끌고 온 역관과 종복들을

이끌고 객관 밖으로 사라졌다.

최유청은 이마에 맺힌 땀을 닦으면서 정민을 바라보았다.

"제때에 들어와서 분위기를 달래 주어서 고맙다."

"아닙니다. 마땅히 해야 할 일을 한 것뿐입니다."

"겨울인데 무슨 땀이 이리 나는지……. 만약 금나라 황제 앞에 서게 되면 오금이 저릴까 두렵다."

최유청의 말은 진심인 듯했다.

워낙에 악명이 높은 황제였다. 영제거를 타고 내려오면서 생각보다 금나라의 형편이 나쁘지 않다고 생각했지만, 개봉에 다다르고 보니 생각보다 국력을 황제가 소진하고 있다는 느낌이 강했다.

족히 삼십만은 되어 보이는 병정들이 거의 헐벗은 채로 기약 없이 주둔을 하고 있는 풍광은 살벌하다 못해 처절한 것이었다.

"황제도 사람이 아니겠습니까."

정민은 적어도 그렇게 생각했다.

황제도 사람이라면 결국은 사람이 할 수 있는 생각의 틀을 벗어날 수 없을 터였다.

잔인한 행동으로 악명이 워낙에 높은 황제이기는 했

지만, 그가 지금까지 취한 일련의 정치적 행보들을 보면 그는 단순한 악군(惡君)이라 보기는 어려웠다. 금나라 황제 완안량은 매우 복잡한 인물임에는 분명했다.

"사람도 사람 나름이지. 그가 제 피붙이들을 겁간하고 쳐 죽인 숫자가 몇이더냐."

"그래도 전쟁을 앞두고 옆 나라 사신들을 무턱대고 죽일 바보는 아니지 않겠습니까. 최소한 저희가 완안옹과 결탁했다는 냄새를 맡지만 않는다면 말입니다. 전쟁 때문에 곧 뿌리부터 흔들리겠지만, 적어도 지나 오면서 본 화북 지역이 여태까지는 안정되어 있었던 모양이니, 그것도 다 정치적 술책이 있었기에 가능했을 것입니다. 암군(暗君)은 악할 수는 있지만, 정사를 펼치지는 못합니다. 황제가 이제껏 정사를 펼쳤다는 것은 그가 악하기는 하지만 암군은 아니라는 이야기고, 설령 악군(惡君)이라고 하더라도 자기 이득이 되지 않는 일을 굳이 하지는 않을 것입니다."

정민은 요즘 들어 금 황제 완안량에 대한 평가를 조금 수정하고 있었다.

그저 종잡을 수 없는 패악질을 부리는 황제라고만 생각했었으나, 금나라에 와서 보고 들은 것을 토대로 평가해 보건대 단순한 암군은 아닌 모양이었다.

그가 반정으로 황제의 자리를 탈취한 뒤로 걸어온 행보를 보면 정치적 측면에서는 바보가 아니라 오히려 기민한 데가 있었다.

찬탈한 옥좌에 필히 수반되는 불안정성을 해소하기 위해 황제는 금나라의 권력층을 자기 중심으로 신속하게 재편해 버렸다.

중국의 문화를 앞세워서 과거제를 엄격하게 실시하고, 농사를 권면하고, 여진족과 한인, 발해인을 가리지 않고 지위가 낮은 자들도 높은 자리로 등용하는 한편, 백성을 진휼하는 방식으로 개혁을 추진해, 황제의 권한을 강화해 나갔다.

관제를 개혁하고 도읍을 옮긴 것도 단순히 사치를 부리고 권력을 과시하고자 함이 아니라, 동북방의 여진족 발원지에서 여전히 강성한 힘을 갖고 있는 여진족 족장들의 힘을 빼놓고자 하는 의도가 있었다.

더불어 이후에는 발해인, 거란인, 여진족들 사이를 이간질 시키면서 자기에게 권력이 자연스럽게 집중되도록 만든 것이다.

여진족들이 불만을 가지면 거란인과 발해인을 탓하면

서 그들에게 떡을 좀 더 내주고, 그 반대의 상황이 생기면 여진족들을 찍어 누르며 거란인과 발해인을 높여 주는 식이었다.

남의 아내를 빼앗고, 피붙이들을 살해하는 악행을 수도 없이 벌이기는 했으나, 완안옹의 아내를 빼앗으려 했던 과정에서 드러나듯이, 이것은 자기 욕망을 충족시키기 위한 것인 동시에 잠재적 정적들을 찍어 내는 더 큰 그림의 일부이기도 했다.

적어도 몇 년 전까지만 하더라도 귀족 계층에서 황제에 대한 평판이 급속도록 악화한 반면에, 일반 서인(庶人) 백성들 사이에서 황제에 대한 평가가 그리 나쁘지 않았던 것에는 이유가 있었다.

'영제거 복구나, 중도와 개봉의 성읍 재건, 궁궐을 올리는 거 같은 토목공사들도 필요한 일이었다지만 무리한 측면이 있었다. 거기다 이제는 남정을 위한 병력 동원까지 더하면 그나마 쌓아 온 인심도 모두 등을 돌리게 될 것인데 아무리 생각해도 너무 이르다.'

정민이 그런 생각을 하면서 최유청을 다시 보니, 그는 이제 땀을 다 닦아 내고서 장호와 필담을 나눈 종이를 촛불에 가져가 태우고 있었다.

타 들어가는 종이에서 살짝 매캐한 연기가 흘러나왔다.

"어디까지나 지금 황제의 관심사는 고려가 아닐 것입니다."

"그래야지. 그래야 우리 활로가 생긴다."

최유청은 정민의 말에 고개를 끄덕이며 종이가 타고 남은 재를 바닥에 털었다.

대금국 동경 요양부.

갈왕 완안옹은 편전(便殿)에 앉아서 장인 이석의 보고를 듣고 있었다.

그는 고려 사절단이 동경을 떠난 뒤로, 동경부로의 출입을 사실상 금지하고 동경로 전체에 자기 사람을 보내어 지역을 사실상 장악하고 있었다.

"진천뢰(震天雷)와 비화창(飛火槍)을 충분히 만들어 두었습니다."

이석의 말에 완안옹은 말없이 고개를 끄덕였다. 진천뢰와 비화창 모두 화약을 사용하는 무기들로, 진천뢰는 일종의 화약 폭탄이었으며 비화창은 창 앞에 화약통을 붙여 날리는 것이었다.

이석은 그간 화약 무기를 만들기를 원해 왔었는데, 황을 대량으로 입수하게 되자 빠르게 진전을 보인 것이었다.

"무기들이 쓸 만하겠습니까?"

"물론입니다. 언제고 써야 할 일이 있으면 바로 사용할 수 있도록 해 놓았습니다. 더불어 성능도 시험해 보니 썩 괜찮습니다."

완안옹의 말에 이석이 확신 있는 어조로 대답을 했다.

장인의 배포에 완안옹은 조금 든든한 기분도 들고 흡족하기도 했다.

거병을 앞두고 마음이 조금도 떨리지 않는다면 거짓일 터였다. 이미 민심을 빠르게 잃어 가는 황제였지만, 그가 제위에 오른 뒤에 보였던 행보들을 살펴보면 보통내기가 아님은 확실했다.

감히 거역할 생각도 하지 않았던 완안옹, 자신의 힘을 꺾어 놓기 위해 아내를 빼앗아 취하려 하다가 결국 죽음으로 몰아넣었던 자였다. 그리고 이석이 아니었더라면 완안옹은 아마도 한동안 황제가 바라는 대로 무기력하게 세월을 흘려보내며 늙어 갔을 것이다.

지금은 자신의 성공에 취해 토목공사와 남정(南征)을 추진하며 인심을 잃고 재정을 탕진하고 있는 황제였으나, 위기가 감지된다면 누구보다 기민하게 완안옹의 목줄을 조여 올 터였다.

작년 산동 기주(沂州)의 조개산(趙開山)이라는 자가 거병을 해서 밀주(密州)등을 함락시켰을 때, 황제 완안량은 바로 군사력을 집중해서 씨를 말리듯이 반군을 밀어 버렸다.

황제가 송나라와의 전쟁에 발이 묶이기 전에 맞붙게 된다면 승리를 장담할 수 없었다.

"한 치의 실수도 있어서는 안 됩니다. 만약 때를 잘못 잡게 된다면 일이 모두 엉망이 되고 말 것입니다."

"너무 심려 마십시오. 고준복이 아직 우리 손에 있어서 그의 이름으로 모든 서간이 오고 가고 있으니 이곳이 전복된 줄은 감히 생각하기 어려울 것입니다."

"그래도 만전을 기해야 합니다."

완안옹이 불안한 마음을 감추지 못하고 손으로 의자의 팔걸이를 딱딱 두드렸다.

이석은 그런 완안옹의 마음이 이해가 가지 않는 것은 아니었다.

갈왕 완안옹은 심지가 굳고 사내다운 사람이었으나, 황제에 의해 겪지 않아도 좋을 수난을 그간 겪어 오면서 성격이 예민하고 날카로워진 구석이 있었다.

그러나 이석은 그것이 꼭 나쁘다고는 생각지 않았다. 천하를 논하려면 사람이 진중하고 조심스러운 부분도 있어야 한다.

"준비를 잘해 오고 있습니다. 괜찮을 것입니다. 지금은 변량(汴梁, 개봉부)에 다다랐을 고려 사절단이 모든 내용을 황제에게 털어놓지만 않는다면 황제는 감히 의심하지 못할 것입니다."

"그들이 다 털어놓지는 않을 것입니다. 황제의 의심을 벗어나기 위해서 진실을 섞은 거짓 정도를 고할 수는 있겠지요. 그러나 자기네 나라 내부의 다툼과 결부되어 있는 문제라, 우리를 버리지는 못할 것입니다."

"물론 그게 아니더라도 해가 바뀌면 슬슬 황제가 이쪽이 심상치 않다고 느끼긴 할 것입니다."

"그전에 황제가 남정을 개시하기를 바랄 뿐입니다, 장인."

완안옹이 턱을 괴며 말했다. 이석은 담담한 표정으로 그렇게 될 것이라 확신한다는 표정으로 고개를 끄덕였다. 그리고서 그는 허리의 대(帶)에 꽂아 두었던 두루마리를 손에 받혀서 완안옹에게 내밀었다. 완안옹의 궁금증 섞인 얼굴을 보고서 이석이 말한다.

"고려에서 도착한 밀서입니다. 정민과 최유청 쪽 사람이 내막을 알고 죄인을 압송시켜 달라는 내용입니다."

이석의 말을 듣고 완안옹은 두루마리의 내용을 찬찬히 훑어보았다.

정민의 부친으로 고려의 벼슬아치인 정서가 쓴 서간이었다.

그쪽 사람이 아니라면 정확히 무슨 일이 벌어졌는지 고려에서도 파악이 가능하지 않았을 것이므로 완안옹은 그 진위를 의심하지는 않았다.

"그러니까 김순부를 보내 달라는 이야기이지요?"

"그가 일을 꾸민 자들을 이어 주는 핵심적인 고리와 같아서 반드시 신병이 확보되어야 한다고 합니다. 그렇지 않다면 반대편의 정치적 공세에 자신들이 함몰될 수도 있다고 했습니다."

"그렇긴 하겠군요."

완안옹은 두루마리를 다시 말아서 의자 옆 서안(書案)에 올려놓았다.

"어떻게 하시겠습니까?"

"서안에 쓰인 대로 조치해 주세요. 정민, 그자의 심복인 오저군이라는 상인이 아직 성내에 남아 있으니 그와 함께 기병 20기 정도를 붙여서 고려 국경까지 인도해 주십시오. 다만 정자가라는 자, 그리고 정민의 처들은 우리가 조금 붙들고 있어야겠습니다."

"가당하신 조치이십니다."

혹여 무가치하게 된다고 할지라도, 인질은 없는 편보다는 있는 편이 나았다. 물론 사실상 인질이라고 하더라도 그쪽에서 그렇게 여겨서는 안 될 일이다.

어디까지나 사절단이 안전히 귀국할 때까지 편의를 봐준다는 쪽으로 말을 해 두어야 했다.

"그런데 왜 저쪽에서 정자가라는 자는 신병이 필요 없다고 했을까요?"

"일가의 피붙이라고 하였습니다. 그런 자가 칼을 겨누고 다닌다는 것이 그쪽에서도 그리 알려져서 좋을 일은 아닐 것 같습니다. 그보다는 차라리 먼 곳에서 죽어 없어지면 그것이 낫겠지요."

"그렇다면 지금 그자의 목을 베어 버리는 것이 낫겠습니까?"

"굳이 그러실 필요는 없을 듯합니다. 성내에서 누가 참수라도 되면 아무리 모르게 하려고 하더라도 소문이 나기 마련입니다. 전쟁이 개시되면 그때 베어 버려도 무방합니다."

완안옹은 장인의 조언을 따르기로 했다. 일단은 김순부에게 죄인이라는 징표로 귀에다가 화살을 꿰고 이마에다가 낙인을 찍은 다음에 온몸을 단단히 묶어서 밤을 틈타 요양성 밖으로 기병 20기와 함께 내어 보냈다.

정민의 심복인 오저군은, 돌아오는 길에 요양에 상관을 여는 것을 약조 받은 다음에 김순부를 호송하며 남쪽으로 함께 향했다.

그는 돌아가기 전에 다르발지를 찾아가서 일이 이렇게 되었음을 알리고, 같이 모시고 가지 못해 미안하게 되었다고 전했다. 다르발지는 차라리 이곳에서 정민을 기다리는 것이 자신의 마음에는 더 편한 일이라고 오저군에게 말했다.

오저군은 거대한 소용돌이 가운데에 자기가 놓이게

된 것이 못내 가슴이 떨리고 숨이 막혀 올 것 같았으나, 정민의 가신으로서 일을 처리함에 있어 실수는 없어야 한다는 생각에 침착하고자 노력했다.

김순부는 반드시 성한 몸으로 개경에 있는 정서의 집 앞까지 끌려가야만 했다.

❖　❖　❖

1161년 음력 정월 초하루. 정륭 5년의 새해가 밝아 옴과 동시에, 대금국 황제가 친림하여 있는 남경 개봉부의 재건된 옛 송궁(宋宮)의 대전은 조례(朝禮, 새해 첫 날 황제를 백관이 알현하는 의식)를 열 준비가 막 마쳐지고 있었다.

황제 완안량이 굳이 도읍인 중도에서 조례를 열지 않고 배도(陪都)인 남경 개봉부까지 내려와서 이러한 의례를 행하는 것에는 많은 이유가 있었다.

그중 하나는 당면한 전쟁 이전에 송나라를 비롯한 주변국들을 압박하고 군사력을 비롯한 국력을 과시하고자 함이었다.

개봉부를 에워싸고 있는 전국에서 징발된 수십만의

정병들이 그러하며, 아직 재건도 마쳐지지 않은 옛 북송(北宋) 시절의 정궁에서 의례를 하는 것만 보아도 그랬다.

송나라의 사절단이 아니고서야 그 굴욕감을 구구절절 느끼기야 하겠냐마는, 그러한 위압적인 분위기에 고려 사절단도 숨이 막히는 기분이 드는 것은 마찬가지였다.

고려 사절단이 가장 먼저 남경에 들어온 다음에 속속들이 서하의 사절단과 송나라의 사절단도 입경(入京)을 하였으나, 이들이 따로 만나는 것은 철저하게 감시되고 금지되었다.

혹여나 뒤에서 은밀하게 외교를 행할까 하는 우려 때문이었다.

금나라 입장에서 이 세 나라 모두 황제의 신하되는 나라들이므로, 자기네끼리 사사로이 외교를 행한다는 것은 있을 수 없는 일이었다.

그렇게 1월 1일이 될 때까지 각 사절단은 급히 마련된 자기네 객관(客館)에서 각자 머물며 입궁할 준비만을 하고 있었다.

그렇게 새해 첫날이 밝아 오자, 동이 틀 녘부터 금조(金朝)의 조정에서 나온 역관들과 관리들이 사절단들에게 준비를 재촉하여 입궁을 시켰다.

이들은 따로 안내가 없을 때까지 먼저 대전 앞으로 나아갈 수가 없었다.

바깥에서 도열하고 기다리고 있는 동안, 황제는 대전의 섬돌 위에 놓인 옥자로 나아와 앉았고, 황제가 친림하였음을 알리는 명편(鳴鞭)이 울렸다.

좌우에 서 있던 신료들은 만세를 외치며 황제에게 국궁(鞠躬, 허리를 굽혀 황제에게 예를 취함)하여 절을 올렸다.

황제는 관료들을 향해서 여진어로 뭐라고 몇 마디를 지껄인 다음에 손을 들어서 예를 진행하는 책임을 맡은 합사(閤使)를 불렀다.

외국 사절들을 알현하는 견의(見儀)를 진행하라는 신호였다.

각사는 이내 어떠한 나라에서 어떠한 공물을 들고 사신들을 입조하였음을 알리는 방자(榜子)가 황제에게 바치고 나서, 사절단을 순서대로 황제 앞으로 나아오게 할 것을 주문했다.

"금나라의 국력이 강성하여 송나라를 거꾸러뜨린 이후로 송 황제는 금 황제에게 칭신(稱臣)하게 되었고,

때문에 국서를 금나라에 보낼 때 송나라 황제는 자기 이름을 그대로 적고, 국명 앞에 대(大)도 붙이지 못하며, 국서도 황제가 쓰는 조(詔)라고 하지 못하고 황제가 신하에게 올리는 것처럼 표(表)라 이름 붙여야 한다. 그런데 이제는 아예 옛 북송 시절 궁궐에 앉아서 송나라 사신들을 들어오라 하니 얼마나 굴욕적이겠나. 저길 보거라."

입조할 순서를 기다리면서 긴장한 채로 서 있던 정민에게 최유청이 속삭이며 막 대전으로 들어갈 채비를 하는 송나라 사신들을 가리켰다.

과연 말마따나 얼굴에는 불쾌함과 모욕감이 짙게 묻어 나와 있었다.

본래 옛적의 예법에 따르면 황제는 여러 나라의 사신들을 한 자리에 모아서 조례를 진행하지는 않았다. 한 날에 알현을 하되, 그 시간은 나누어서 맞이한 것이었다.

그러나 옛적 고려의 팔관회(八關會)에서 외국 사절들을 받을 때 여진, 왜, 탐라 따위의 사신들을 모두 한곳에 모아 놓고 위세를 떨었다.

국내외에 천자로서의 자부심을 천명하려 하고자 해서

였다.

그것은 여진족이 뒷날 흥기해서 세운 금나라도 마찬가지였다.

각기 황제를 칭하고는 있으나 결국에는 금나라에 표면상이라도 신속(臣屬)하고 있는 송, 고려, 서하의 세 나라였다.

금 황제는 이들을 한 자리에 모아서 조례를 받으면서 자신의 위엄을 과시하는 것이었다.

"이제 송나라 사절단이 들어가는군요."

송나라 사절들의 필두에 선 것은 꽤나 젊어 보이는 조금 살집이 있는 남자였다.

들자하니 송나라의 2황자가 직접 사절단을 맡아서 왔다는 모양이었다.

그의 얼굴은 굴욕감과 패배감으로 일그러져 있었다.

멀찍이 대전의 전상(殿上)에 황제가 남면(南面)을 하고 앉아 있었고, 송나라의 정사(正使)와 부사(副使)가 먼저 국서를 손에 받쳐 들고 나아가서 전 아래에 섰다. 이들이 전 아래까지 나아오자, 합사(閤使)가 그들에게서 국서를 받아서 황제에게 나아가 바쳤다.

이것은 꽤나 굴욕적인 일이었는데, 금나라 사절들이

임안에 와서 황제에게 조서를 내릴 때는 금나라 사신이 송나라 황제가 앉아 있는 섬돌을 직접 올라가고, 황제가 옥좌에서 일어나 직접 그것을 받아야만 했다.

이것을 사절이 직접 올라가서 황제에게 국서를 건넨다고 해서 봉서승전(捧書升殿)이라 했으며 송나라 입장에서는 매우 굴욕적인 대우였다.

그러나 절대로 송나라 사절들은 금나라 황제에게 직접 국서를 건네는 것 따위는 상상도 할 수 없었다. 모든 것은 오로지 합사를 통해서만 황제에게 전해질 수 있었던 것이다.

송나라 사신들은 절대로 황제의 허락 없이는 황제가 있는 전 위로 올라올 수가 없었다. 국서를 건네받고, 송나라 사절들의 배례를 받은 다음에야 황제는 그들이 전 위로 올라오는 것을 허락해 주었다.

송나라 사절들이 예를 마치면 바로 뒤따라 들어가야 되기 때문에, 대전 앞에서 나아갈 준비를 하고 있는 정민의 귀에는 멀리 있는 송나라 사절들과 금나라 황제 사이의 이야기가 들리지 않았다.

그저 황제에게 보여지기 위해서 대전으로 들려 들어가고 있는 예물들의 규모를 보면서 놀랄 따름이었다.

매년 세폐로 바친다는 25만 냥과 25만 필의 비단이 궤짝마다 실려서 대전으로 보내지고 있었고, 그 외에도 각종 공물들이 줄을 이었다.

말로만 들었을 뿐이었던 어마어마한 규모의 공물들을 보자, 송나라가 매년 금나라에 세폐를 바치며 허리가 휜다는 말이 왜 나온 것인지 실감이 났다.

예물이 들어가자, 다시 송나라 사절의 정사와 부사가 엎드려 국궁하며 만세를 외치고, 황제에게 온갖 찬사를 늘어놓으며 감사를 표했다. 그런 뒤 이들이 우측으로 일단 퇴장하자, 정사와 부사 이외의 송나라 사절단의 수행원들로 따르는 종인(從人)들이 황제에게 재배하여 예를 표하고 퇴장한다.

송나라가 금나라에게 무릎을 꿇었음을 의식적으로 보여 주는 완전한 굴신(屈身)의 예인 것이다.

"이제 나아가시면 됩니다."

송나라 사절단의 알현이 끝나자 금나라의 관리가 대전으로 나아가는 문을 열어 주며 말했다. 고려의 사절단은 한 번에 모두가 들어가지 않는다. 정사와 부사, 그러니까 예빈경과 예빈소경이 나아가서 황제에게 국서를 전하고 예를 표하는 것이다.

원래 부사였던 김순부가 지금 죽은 것으로 되어 있으므로, 그 자리를 지금은 정민이 대신 해야만 했다. 최유청과 함께 대전으로 나아가는 와중에 정민은 심장이 쿵쾅거리며 떨리는 것을 다스릴 수가 없었다.

고려의 임금의 앞으로 어둑어둑하고 비가 세차게 내리던 날 불려 갔을 때의 두려움은 여기에는 비할 바도 되지 못했다.

워낙에 악명이 자자한 황제였다.

그가 무슨 이야기를 꺼낼지에 대한 두려움이 드는 것을 정민으로서도 어찌 할 수는 없는 것이었다.

대전 안으로 들어서서 허리를 굽힌 채로 나아가서 배(拜)를 하자, 이내 황제의 날카로운 음성이 들려왔다.

"고개를 들라."

최유청과 정민은 고개를 들고 황제에게 예를 올렸다.

"신, 고려국사 예빈경 최유청과 예빈소경 정민이 대금국 황제폐하의 만세를 기리나이다."

송나라와 다른 나라 사이에는 또다시 한 단계의 차별이 있어서, 송의 사절들은 국서를 직접 황제를 알현할 때에 바치지만, 고려와 서하의 사신들은 따로 관청을 통해서 국서를 올려 바쳤다.

더불어서 송나라의 사신들은 정사와 부사를 제외하고
도 궐전으로 나아와서 하례를 올리는 반면에, 고려와
서하의 경우 수행 인원의 출입은 허락되지 않았다.

"승전(升殿)하라."

황제는 짧게 말했다. 옥좌가 놓여 있는 전 위로 올라
와서 두 사람은 허리를 깊숙이 숙였다.

"고려국왕 왕현에게는 별고 없는가?"

금나라 황제들은 절대로 타국의 군주에게 황제라는
칭호로 높여 주는 법이 없었다. 그나마 송나라 황제를
송주(宋主)라고 해 줄 뿐, 고려나 서하의 임금은 말 그
대로 번국(藩國)의 국왕이었다.

"신방(臣邦, 신하된 나라)의 군주와 나라 모두 평안
하여 국사에 무탈함이 없나이다."

최유청이 읊조렸다.

"짐이 이번에 너희 나라에서 바치는 공물의 내역을
보니, 해동청과 공녀는 숫자가 매우 적고, 너희가 이윤
을 남기고자 싸 들고 온 쓸데없는 품목들만 많았다. 해
명하라."

정민은 감히 얼굴을 들 생각은 못하고 황제의 목소리
만을 듣고 있었다.

목소리에서는 화나 분노가 느껴지지는 않고, 다만 굳고 건조한 말투일 뿐이었다.

그러나 그런 냉정한 말투가 간담을 서늘하게 하는 법이었다. 의외로 최유청은 노련한 노신(老臣)의 기지가 발휘되었는지 침착하게 황제에게 이유를 고한다.

"감히 말씀 드리옵건대, 동경 요양부에서 도적떼를 만나는 바람에 신들이 아둔하여 공물을 지키지 못하였나이다. 엎드려 죄를 청하니 벌을 주소서."

"이야기는 들었다. 동경 갈왕이 못나서 일이 어그러진 부분이 있으니 짐이 그것을 참작은 하겠다. 그러나 너희 임금에게 다음에는 공물을 두 배로 올리고 짐이 필요한 때에 병력을 지원할 것을 전하도록 하라."

황제는 역시 이것을 빌미 삼아서 고려에 더 많은 것을 요구하려 하고 있었다. 그러나 감히 그 앞에서 그 명의 시비를 가릴 자신이 없는 최유청과 정민이었다.

'안광이 시퍼렇지만 과연 말로만 듣던 대로 미친 자는 아니다. 광기보다는 패도(覇道)가 넘쳐 날 뿐이다.'

정민은 감히 황제의 용안을 똑바로 볼 자신은 없으나, 눈에 보이는 황제가 분명 광기에 사로잡힌 자가 아님은 똑똑히 알아보았다.

"물러가라."

황제는 더 이상 고려 사절단과 나눌 이야기가 없다는 시늉을 했다. 뒷걸음질로 섬돌을 내려와서 단지(丹墀, 임금 앞의 낮은 곳)에 서고, 예물이 황제의 앞으로 보내졌다. 황제는 여전히 만족스러운 눈치는 아니었으나 해동청과 공녀들을 직접 확인하고서 고려 사절단이 물러가게 했다.

"성궁(聖躬, 황제의 지체)께서는 만세에 복록을 누리소서."

최유청과 정민은 손을 휘두르고 발을 구르는 무도(舞蹈)의 시늉을 하고 다시 황제의 만복(萬福)을 기원한 다음에 오 배, 재배, 그리고 다시 오 배를 두 번 하여 도합 십칠 배를 하고는, 뒷걸음질 쳐서 황제의 앞으로부터 물러났다. 그런 다음 좌계(左階)에 섰다. 그런 다음 마지막으로 서하 사절단의 정사와 부사가 안내를 받아 앞으로 나아왔다. 서하의 정사도 가만히 살펴보니 꽤나 젊어 보이는 자였다.

서하 사절단이 황제를 입견 할 시에 취하는 예법도 크게 다른 것이 없었다.

그들은 나아와서 황제에게 의례를 하고, 전 위로 불

려 와서 군주의 안부를 말하고, 다시 내려와서 조공품을 진열한 다음에 십칠 배를 하고 고려 사신들과 반대인 우측으로 물러와 섰다.

"송사(宋使)의 재례요!"

전 아래에 서 있던 합사의 외침이 들리자, 다시 물러갔던 송나라 사절들이 다시 행례(行禮)하여 나아와서 단지에 서서 무도하고 오 배를 행했다.

이어서 고려와 서하의 사절들도 송나라 사신들의 양 옆으로 나아가서 다시 재배하고, 삼국의 사절들이 함께 국궁(鞠躬)하여 황제에게 예를 표했다.

"짐이 술과 음식을 너희 세 나라의 사절들에게 내릴 터이니 오늘은 즐거이 먹으며 쉬도록 하여라."

황제의 명령이 떨어지자, 사절들에게 내주는 고기와 술, 그리고 갖은 음식들이 사절단의 앞으로 놓였다.

사절들은 이를 감사히 받는다는 뜻으로 다시 재배를 하고, 의례상 한 점의 고기와 한 잔의 술을 마신 다음, 뒷걸음질 쳐서 대전 밖으로 나갔다.

이러한 모습이 금나라 황제의 위신을 높여 주는 것임은 두말할 나위도 없는 것이었다.

금나라 외에 어떤 나라가 송, 고려, 서하의 삼국 사

신들을 정월 초하루에 불러다 놓고 이토록 굴욕적인 예식을 강요할 수 있단 말인가.

물러나면서 정민이 힐끔 옆을 보니 씁쓸한 표정을 애써 지우면서 서 있는 송나라 정사와 부사의 모습이 또렷이 보였다.

부사는 누군지 알 수 없는 중늙은이 하나였고, 정사는 들은 이야기가 맞다 하면 송 황제의 양자인 은평군왕 조거일 것이다.

삼십대로 보이는 나이의 그는 적당히 살집이 있었고, 눈매가 후덕해 보였는데, 아마 속에 품고 있는 복심(腹心)은 절대 작아 보이지 않았다. 세 나라의 사절들은 별말 없이 물러 나온 다음에 각자 자기 무리로 흩어져 갔는데, 금병(金兵)들의 보는 눈도 있거니와 서로 말이 통하지 않기 때문이었다.

그러나 그때 힐끔 다가온 서하의 정사가 아무도 눈치 못 채게 정민의 소매에다가 슬쩍 작은 종이 말음을 밀어 넣었다.

정민은 무슨 행동인가 하다, 아무것도 모르는 척 태연하게 고려 사절단의 수행원들이 있는 곳으로 돌아갔다.

이내 북이 울리고 황제가 물러감을 알리는 징 소리가
들리자, 다시 사절단은 모두 엎드려서 황제가 지나가기
를 기다렸다.

금나라 황제가 대전을 나서서 사절들이 모두 엎드려
있는 사이로 지나가고, 그 뒤로 금나라의 백관(百官)들
이 줄을 지어 따랐다. 황제는 가다 말고 잠시 고려 사
절들이 있는 곳에 서서 아무 말 없이 그들을 내려다보
았다.

'이런……!'

정민은 등에서 저도 모르게 식은땀이 흘러나오는 것
을 느꼈다. 황제의 시선이 자신의 머리 위로 내리꽂히
는 것을 보지 않아도 알 수 있었다. 그렇게 몇 초간이
흘렀을까, 황제의 입이 열렸다.

"제경들을 다시 곡연의(曲宴儀, 황제가 사절들에게
베푸는 주연의 예)에서 보도록 하겠다. 그간 경거망동
치 말고 각기 객관에서 법례대로 자리를 지키도록 하
라."

황제의 말은 고려 사신들뿐만 아니라 송과 서하의 사
신들에게도 전해졌다.

그러고 나서 황제는 다시 걸음을 옮겼다. 정민은 몸

에 한기가 스며드는 기분을 느끼며 다시 깊숙이 허리를 숙였다.

❖   ❖   ❖

황제의 경거망동 하지 말라는 경고가 있었지만 정민은 마냥 객관에서 시간을 보내고 있을 수는 없었다. 오히려 서둘러 움직여야 할 때라는 느낌이 강하게 들었다.

서하 사신으로부터 쪽지를 몰래 전해 받은 뒤로 더욱 그랬다.

내용은 별 것 없었다. 서하의 정사인 야리웅이 상인으로서 마주 앉았으면 한다는 것이었다.

정민은 쪽지를 읽는 순간 야리웅이 고려와 서하 사신들에게 허락된 사적 교역 때에 만났으면 한다는 이야기임을 알았다. 그때가 아니면 금나라 관병들의 감시 때문에 공식적으로 접촉할 방법은 없는 것이나 다름없었다.

평화기라면 또 모를 일이지만 지금은 금 황제가 남송을 칠 준비를 마치고 사방에 경계가 삼엄한 상황이었다.

송나라 사신들도 눈뜬장님이 아니라면 이러한 분위기를 읽지 못할 리 없었다.

그런데 그들이 다른 나라 사신들과 접촉하도록 둘 리 없었고, 고려와 서하사이도 마찬가지였다.

오로지 사절들은 황제의 위엄을 돋보이게 하는 일에만 동원되어야 했지, 그 외에는 어떠한 움직임을 보여서는 안 되었다. 교역은 딱 이틀간 허락되었다.

개봉부의 시전(市廛)은 한 곳뿐이니, 이곳에서 서하 사신단과 고려 사신단은 지척에서 사사로이 개봉의 상인들과 교역하게 될 것이었다.

야리웅이 언제 나타날지 모르니 정민은 일단은 이틀 내내 나가 있을 작정이었다.

의심을 덜기 위해 관복을 벗고 눈에 띄지 않는 복장으로 갈아입은 다음에 정민은 약간의 긴장감을 가진 채로 시전으로 나섰다.

'무슨 이유에서 만나자고 하는지 알 수는 없지만, 적어도 뭔가 우리를 움직여 자신들이 얻을 것이 있으니 불러낸 것일 테지.'

야리웅이 무슨 이유로 자신을 불러냈는지는 알 수 없었다.

그리고 최유청이 아닌 자신에게 쪽지를 전한 이유도
짐작이 가지 않았다.

정민으로서는 지금 서하가 어떤 상황에 놓여 있는지
정보가 전혀 없었다.

멀다면 먼 나라였다. 드넓은 금나라 국토의 동쪽 끝
에서 서쪽 끝까지가 바로 고려와 서하 사이의 거리였
다.

정민으로서는 일단은 내용을 알 수 없으니 야리웅이
접선해 오기만을 기다리는 수밖에 없었다.

"哥哥, 你家在那裏住? (가가, 니가저이나르됴?, 당
신은 어디에 사십니까?)"

첫날 시전에 나와서 몇 시진쯤 흘렀을까, 슬슬 무료
해지려던 차에 서하 상인의 복장을 입은 사람이 슬쩍
다가와서 한어(漢語)로 정민에게 물어 왔다.

현대에서 중국어를 조금 배웠던 정민이었으나, 당연하
게도 900년 전 이 시대의 중국어는 완전히 다른 것이었
다.

다만 고려의 한자음 자체가 당(唐)나라 시기 한자음
에 큰 영향을 받은 것이기 때문에, 성조는 어려워도 한
자음 자체는 어떻게 변통해서 대화를 할 수는 있었다.

정민은 한어는 거의 아는 것이 없었고, 그렇다고 비밀리에 나눠야 할 이야기에 역관을 대동하고 다닐 수도 없으니 무슨 말인지 모르겠다는 시늉을 하고서 필담을 하자며 종이와 먹을 내밀었다.

—한어를 잘 말하지는 못하시는 모양입니다.

—경서와 전적으로 글 읽는 법만 배웠지 언중에 쓰는 말은 익히지 못했습니다.

—인사가 늦었습니다. 본조 폐하의 명을 받아 대하국 사로 이번에 변량에 입경한 야리웅입니다.

야리웅은 자기 임금을 폐하로 높이고, 국명에도 대(大)자를 붙였다.

금나라 황제 앞에서야 감히 그럴 수 없었겠지만, 자기들의 자존심을 굳이 고려인들 앞에서까지 낮추지는 않겠다는 것이 눈에 보였다.

그것은 정민도 마찬가지였다.

—대고려국 황제 폐하의 명을 받아 사절단에 참여한 예빈소경 정민이라 합니다.

본래 예빈소경의 직책을 받아서 압록강을 건넌 것은 아니었으나, 사실상 지금 사절단의 부사(副使)로서 예빈소경의 직책을 대리하고 있으니 거짓말도 아니었다.

야리웅은 고개를 끄덕이고서는 다시 붓을 놀려 글을 쓰기 시작했다.

다행히 주변에서는 서로 말이 통하지 않는 상인들이 거래를 하는 모양으로 보고 큰 관심을 두지 않고 있었다.

금나라 병사들도 저 멀리서 자기들끼리 주저앉아서 이야기나 나누고 있을 뿐, 거래가 이루어지는 상황에 대해서는 별다른 간섭이 없는 상황이었다.

—그날 갑자기 이렇게 뵙자고 청해서 놀라셨겠지요.

—무슨 연유로 이렇게 보자고 하신 것인지요?

—금 황제가 귀국에도 병마(兵馬)를 요구하였습니까?

—다음 사절단에서는 공물을 두 배로 올리고 뜻하는 때에 병력을 보내라고 하였습니다.

—역시 그렇군요. 지금 변량에 이리도 병사가 많은 이유는 짐작하고 계시겠지요?

—남벌 때문 아니겠습니까.

—이해가 빠르실 줄 알았습니다. 이렇게 젊은 나이에 일국의 부사로 오실 정도면 핏줄이 좋거나 아니면 재능이 탁월하거나 해서일 것이라 생각했습니다. 그래서 이

야기가 통할까 하여 소매 안에다가 쪽지를 건넨 것입니다.

야리웅의 표정이 밝아졌다. 정민은 야리웅의 나이 역시 삼십대 정도로 보였기에 그쪽이야말로 도대체 얼마나 뛰어나기에 정사로 발탁되어 왔냐고 되묻고 싶었지만, 괜한 이야기로 시간을 버리고 싶지 않았기에 그만두었다.

정민 자신이 부사의 직책을 맡게 된 것도 사정이 있는 이야기였지만, 그런 이야기까지 구구절절 할 생각도 없었다.

그보다는 야리웅이 자기 이야기는 꺼내지 않고 자꾸만 정탐을 하는 것 같아서 중간에 대화를 자르고 들어갈 필요가 있었다.

―보자 하니 귀국에도 병거를 금 황제가 요구한 모양이로군요?

―그렇습니다.

―그런데 그것이 우리가 마주 앉아야 할 이유와 무슨 관련이 있습니까?

정민이 치고 들어오자 야리웅은 짧게 탄식을 한 다음에, 고민 끝에 다시 붓을 들었다.

―나는 귀국이 황제가 요구하는 것을 집행할 능력이 안 된다고 보았습니다.

―설령 그렇다면, 귀국에서 저희 몫까지 내주시게요?

정민의 물음에 야리웅이 쓰게 웃었다.

―이거 제가 잘못했습니다. 서로 신의를 다지자는 것이 제가 캐묻기만 한 모양입니다. 본국도 내부 사정이 복잡하여 금 황제가 요구하는 바를 들어줄 능력이 없습니다.

―알겠습니다. 그러나 저희가 이런 이야기를 한다고 해서 금 황제를 막아 세울 뾰족한 수가 생기지는 않을 텐데요?

야리웅은 이 시점에서 잠시 고민을 하는 듯이 보였다. 어디까지 이야기를 꺼내야 할지 계산을 하는 듯 보였다.

정민으로서도 야리웅을 무턱대고 믿을 수 없지만, 그것은 상대 쪽도 마찬가지일 터였다. 야리웅은 한참 고민을 한 끝에 다시 붓으로 글씨를 매우 흘려쓰기 시작했다.

초서(草書)체의 글씨로 실제로 알아보기는 더욱 힘들었다.

정민은 간신히 그 붓끝을 쫓아가면서 내용을 읽었다.

—송나라 사신들과도 미리 이야기를 나누었습니다.

이번에는 정민의 눈이 휘둥그레질 차였다.

정민의 대답을 기다리지 않고 야리웅은 글을 더 써
내려갔다.

—귀국에서도 이 일에 참여하거나, 혹은 방관을 부탁
드리고자 해서입니다.

—그 일이 무엇입니까?

—금 황제가 요구하는 바를 감당할 능력이 귀국도 안
되시겠지요?

—그렇습니다.

—그렇다면 손해는 없을 것입니다. 솔직히 말씀 드리
자면 본국은 지금 내부에 암 덩어리 같은 간신배가 조정
을 농단하고 있어서, 병거를 내어 금 황제를 돕게 된다면
이자가 언제고 기회를 삼아서 반정을 하고도 남을 상황
입니다. 그러나 병력을 내지 않을 수도 없는 상황 아니겠
습니까. 그래서 최대한 황도를 방비하는 데 필요한 병력
을 제외하고 나라의 병력을 모두 징발하여 요구에 부응
할 생각입니다. 병력이 황도에만 남아 있다면 저들도 감
히 반정을 쉽게 도모하지는 못하겠지요.

—저희더러도 금나라 황제에게 그 정도 병력을 가져다 바치라는 이야기는 아니실 테고?

—그 병력으로 저희는 금이 아니라 송을 도을 생각입니다.

야리웅의 말에 정민은 벼락을 맞은 듯이 정신이 번쩍 들었다.

그사이 야리웅은 필담을 나누던 종이를 찢은 다음에 중요한 부분을 먹어서 삼켜 버렸다.

흔적이 남지 않도록 하는 주도면밀함에 정민은 혀를 내둘렀다.

살짝 떨리는 손으로 다시 새 종이를 펴서 정민은 붓을 놀렸다.

—동참을 바라십니까?

—동참이거나 혹은 방관이거나. 둘 중 하나만 해 주십시오.

—고려에서 병력이 나가기는 어려울 것 같습니다. 그러나 때가 되면 금나라 안에서도 손뼉을 맞춰 줄 것입니다.

아직은 야리웅에게 다 털어놓을 수는 없었다. 정민은 아직 그가 무슨 생각을 가지고 이런 일을 하는지, 정말

로 송나라와 협의가 되었는지, 또는 만에 하나 금나라
황제가 그들을 함정에 빠뜨리고자 서하의 사절단을 이
용하는 것인지 정보가 없는 상태에서 고려할 사항이 너
무 많았다.

—손뼉이요?

—황제의 덕망이 밖에서만 떨어진 것이 아니라, 안에
서도 인심을 잃었지요.

정민의 말에 야리웅이 알았다는 듯이 고개를 끄덕였
다.

좀 더 자세히 말해 달라는 주문이 있었지만, 정민은
아직은 때가 아니라는 말로 일축했다.

대신에 그는 송나라 사절단이 무슨 생각을 가지고 있
는지 물어보았다.

—저도 잘 모릅니다. 다만 공식적인 목적은 평화를 구
걸하는 것입니다. 다만 제가 접선한 것은 정사와 부사가
아니라 송 내의 다른 파벌의 지시를 받고 일하는 사람이
었습니다. 전쟁을 피할 수 없으니 공로를 미리 챙겨 놓겠
다는 생각에서요.

—그렇다면 함께 만날 기회를 만들어 보는 것이 어떻
겠습니까?

─금 황제의 감시가 살벌한 데 가능하겠습니까?

─각자 변복을 하고 귀국하는 길에 잠시 길을 빠져 만나도록 하지요.

─송나라는 남쪽으로, 귀국은 동북으로, 우리는 서쪽으로 가야 합니다. 만날 만한 곳이 있을까요?

─개봉에 들어오는 길에 보니, 이곳 개봉과 정주(鄭州) 사이에 중모(中牟)라는 조그만 현이 있더군요. 우리는 다시 영제거를 타고 가기 위해 위주 가는 길에 이곳을 들려야 하고, 귀국도 서쪽으로 가는 길이니 합당한 경로로 볼 것입니다.

─송나라 사절들도 이곳을 거쳐 신양(信陽) 성으로 가서 귀국하는 것이라 하면 딱히 의심치는 않겠군요. 좋습니다. 그쪽에는 제가 이야기를 전해 놓도록 하겠습니다.

─개봉성을 출발한 이튿날 중모의 객점에서 단 셋이서만 봅시다.

─알겠습니다.

금나라 경내를 나가기 전까지 최대한 의심을 사는 것은 자제해야 했다.

금 황제가 지금 전쟁에 눈을 번뜩이고 있느라 신경을 여기저기 쓰지 못해서 그렇지, 언제고 사절단의 뒤를 쫓아서 트집을 잡을 거리를 만들어 내는 것은 일도 아니었다.

정민은 매우 조심스럽게 약속 장소와 시간을 정한 다음에, 야리웅과 헤어지고 종이를 태워 없앴다.

❖　❖　❖

옥중에 사발이 하나 놓여졌다.

그 안에는 차마 사람이 먹을 수 없을 것 같은 잡탕이 부어져 있었다.

정자가는 허겁지겁 그 앞으로 달려가서 그것을 들이켰다.

하루에 단 한 번 들어오는 배식이었다.

이것을 먹지 않는다면 주린 채로 괴롭게 또 하루를 나야만 했다.

처음에는 어떻게 이런 음식을 주냐며 사발을 엎고 난동을 부렸지만, 돌아온 것은 굶주림과 채찍질뿐이었다.

결국에는 굶지 않기 위해서 아무리 못 먹을 음식이라도 주는 대로 먹는 수밖에 없었다.

여전히 역겹지 않은 것은 아니었지만, 그보다는 배고픔의 무서움이 더 컸다.

수십 년을 살아오면서 단 한 번 배가 곯아 본 적이 없는 정자가였다.

관직에 나아가니 못 나아가니 해도 가산(家産)으로 관직이 없을 때도 개경생활을 하기에 충분할 정도였다. 정자가는 호의호식을 못한 것이 아니라 단지 위세를 떨지 못했을 뿐이었다.

'젠장, 그놈의 정민. 그 빌어먹을 자식만 아니었더라도 이런 모욕을 느끼지는 않아도 되었을 텐데…….'

정자가는 자나 깨나 정민과 정서 부자에 대해 분개하는 마음뿐이었다.

"기왕에 일이 이렇게 되었으니 받아들이시오. 아직 우리를 죽이지 않는 것을 보니 사절단 귀국길에 압송해 갈 모양인데, 고려 땅에 다시 들어가면 어떻게든 살아날 기회가 있을 것이오. 최포칭 공이 우리를 버리겠소?"

옥사에 함께 갇혔던 김순부는 그렇게 말했다.

정자가는 그러나 그 말에도 마음이 편해지지 않고 열이 나기만 할 뿐이었다.

"도대체 왜 날 이런 일에 끌어들이셨소? 말해 보시오. 성공하지도 못할 일에 이렇게 연루시키냐, 이 말이오!"

그는 고래고래 소리를 지르며 발악을 했다. 김순부는 어이가 없다는 듯이 눈을 질끈 감았다.

그러나 정자가는 거기서 멈추지 않고 발로 김순부를 차려는 듯이 버둥거리면서 족쇄를 질질 끌며 그에게 다가갔다.

"젠장맞을! 이봐, 김순부. 너는 도대체 무슨 억하심정으로 나를 이런 사지로 몰아넣느냐 말이다. 최포칭이 나를 살려 주겠다고 약조나 했단 말이냐!"

이제는 숫제 반말이었다.

"이보시오. 그대가 부귀영화를 바라고 정서 부자를 쳐 내기 위해 협력을 자청해 온 것 아니었소?"

김순부는 머리가 지끈거려 왔지만, 최대한 이성을 붙들고 정자가에게 말을 조곤하게 했다. 그러나 정자가는 그의 얼굴에 침을 뱉으며 악을 썼다.

"나는 이런 데서 죽을 사람이 아니란 말이다! 동래 정 씨의 자랑스러운 장손이다!"

정자가가 미친 듯이 소리를 쳐 대자 옥문을 열고 나

왕조의아침

졸들이 들어와 그를 두들겨 패기 시작했다.

발길질에 맞아 넘어져서 차가운 돌바닥에서 몸을 버
둥거리면서도 정자가는 눈물을 흘리며 악을 써 댔다.
머리가 한 뭉치나 뜯겨 나가고 턱을 얻어맞고 나서야
정자가는 발악을 멈췄다.

그는 꺼억거리는 소리를 내며 바닥에 엎어져 있었
다.

"따라오시오."

옥방 한구석에서 정자가가 두들겨 맞는 것을 복잡한
심정으로 보고 있던 김순부에게 나졸 하나가 여진어로
말했다.

무슨 말인지 알아들을 수 없었으나 일어나 따라 나오
라는 말인 줄은 눈치껏 알아채고서 몸을 일으켰다.

그는 여전히 정신을 잃고 바닥에 쓰러져 있는 정자가
를 힐끗 보면서 나졸에게 끌려 나갔다.

'필시 좋은 일은 아닐 것이다. 무슨 연유가 있기에
나를 이리 끌고 나가는 것이겠구나.'

김순부는 속으로 그렇게 생각을 하면서 눈을 질끈 감
았다.

어째서 정자가는 내버려 두고 자신만 데리고 나가는

지는 속으로 짐작을 해 보아도 알 수가 없었으나, 이미 죄상이 백주에 밝혀진 탓이니, 보다 책임이 엄중하다고 할 수 있는 자신을 먼저 벌하려는가 싶었다.

"끄윽…… 끄윽."

김순부가 끌려 나가고 나서 두 시진은 지나서야 정자가는 겨우 정신을 차리고서 일어났다.

어디 뼈라도 부러졌는지 온몸이 비명을 질러 댔다. 가만히 있어도 저절로 설움이 북받치는 것만 같았다.

냉정을 찾아보려고 하였으나 말처럼 쉬울 리가 없었다.

그는 옥중에 더 이상 김순부의 모습이 보이지 않는 것을 보고서 노여움이 머리끝까지 차올랐다.

'이놈이 결국 나를 팔아먹고 혼자 살기 위해 나갔구나!'

자기는 잘못이 없고 억울하다고 스스로에게 납득을 시키기 위해서는 모든 것이 남의 잘못이여만 했다.

김순부는 제가 사지로 끌려가는 줄 알고 붙잡혀 나갔으나, 정자가는 김순부가 자신을 팔아먹고 혼자만 살아 나갔다고 제멋대로 상황을 해석했다.

그의 머릿속에서 이 사태가 벌어진 본질적인 이유는

정서와 정민의 패악 때문이었으며, 가깝게는 김순부와 최포칭이 자신을 이용해 먹었기 때문이라고 정리가 되었다.

세상에 대한 온갖 원념이 뻗혀 나가는 것을 느끼며 정자가는 꺼이꺼이 울었다. 도대체 자신이 이러한 능멸을 받으며 견뎌야 할 이유를 도무지 찾을 수 없었기 때문이었다.

'대관절 내가 무엇을 그리 잘못했기에!'

정자가는 숨을 깊게 들이켰다. 분노에 혈압이 올라서 숨이 가빠졌기 때문이었다.

갈비뼈가 시큰거리고 얻어맞은 턱은 어디가 잘못되었는지 입을 열 수도 없었다.

정자가는 여기서 자신이 죽게 되었다고 생각하니 숨이 턱 하니 막혀 왔다.

'내가 무슨 수를 써서라도 여기서 살아 나갈 것이다. 개라도 되어서 살아 나갈 것이다. 그래서 정서, 정민, 김순부, 최포칭 이놈들을 싹 도륙을 내고 말 것이다!'

기약도 없고 가망도 없는 복수를 다짐하며 정자가는 쭈그리고 앉아서 숨을 헐떡였다.

❖ ❖ ❖

　사신들이 남경 개봉부를 출발하기 전날. 금 황제는
그들을 전송하기 위한 주연례(酒宴禮)를 베풀었다. 궁
궐의 남당(南堂)에서 열린 연회는, 편하고 즐겁게 술을
마시는 자리가 절대 아니었다.

　이것 또한 하나의 예식으로서 엄격한 절차에 따라 황
제의 권위를 드러내기 위해 마련된 자리였다. 이런 자
리에 참석하는 것이 사절단들로서는 마음이 편할 리가
없었다.

　특히 무슨 이유에서인지 남송 사절단의 얼굴은 퍼렇
게 죽은 채로 굳어 있었는데, 그동안 금 황제에게 어떠
한 압박들을 거세게 받은 것이 분명해 보였다.

　정오 무렵, 남당에 각 사절단이 도열하자 주연례가
시작되었다.

　황제를 알현하는 의식이었던 견의(見儀)에서는 이미
금나라의 대신들이 모두 정전에 들어가 있는 상황에서
나중에 사절단의 정사와 부사들이 순서에 따라 황제를
알현코자 들어갔으나, 연회에서는 사절단이 금나라 대
신들과 대오를 이루어 들어가야 했다.

황제가 앉아 있는 상석에 가까이 가서 다시 신료들 및 사절단의 정사와 부사들은 단지(丹墀)에서 또다시 손을 크게 휘저으며 예를 표하고, 총 십이 배를 한 다음에 연회를 베풀어 준 것에 대한 감사를 표해야 했다.

사절단들을 대표하여 송나라의 정사인 은평군왕 조거가 황제에게 배(拜)를 마치고서 사의를 표했다

"대금황제 폐하께서는 만세에 복록을 떨치시고 강녕하시옵소서. 저희 송조(宋朝)와 고려, 서하의 여러 임금들이 보낸 사절들은 전송의 예를 베풀어 주시는 것에 지극한 성은을 느끼며 하해와 같은 은혜에 보답할 길이 없어 궐전 아래에 엎드려 폐하의 황은이 사해에 떨치기만을 기원하옵나이다."

의례적인 감사였으나 송나라의 황자인 그의 입에서 나오기에는 굴욕적인 말들이었다.

그러나 지금 상황에서는 송으로서는 어쩔 수 없이 받아들여야 하는 국제적인 지위가 있었다.

적어도 현재 금나라 황제와 송나라 황제는 군신지간으로 매여 있었으며, 이것은 금나라 황제 앞에서는 송나라 황제는 황제로 칭할 수도 없으며 대등한 관계를 맺을 수도 없다는 이야기였다.

황태자도 아니고 일개 송나라 황자 따위에게 금나라 황제가 베풀어 줄 대우 따위는 없다는 노골적인 분위기가 연회장에 짙게 깔려 있었다.

조거는 모욕적 기분에도 불구하고 의외로 침착하게 얼굴을 붉히지 않고서 차분하게 자리로 물러갔다.

사절들은 이어서 황제 주위에 도열하여 앉고, 정사와 부사들을 제외한 사절단의 수행원들인 종인(從人)들도 입장하여 황제에게 재배(再拜)를 하고 몸을 숙여 만복(萬福)을 기원한 다음, 전각 좌우의 복도로 이동하여 앉았다.

각 사람들 앞에 과일 상이 놓이고, 술이 진상되자 주연이 시작되었다.

이러한 곡연(曲宴)에는 대화(戴花)라는 풍습이 존재했는데, 이것은 관에다가 꽃가지를 꽂는 것이었다.

곡연의(曲宴儀)에 참여한 사절들은 모두 꽃을 꽂고서 앉았는데, 여기서도 송나라 사절들에게는 다 시들어 보이는 힘이 없고, 창백한 백화(白花)가 주어졌다. 감내하기 어려운 모멸감을 주고자 하는 것이었다.

은평군왕 조거가 입을 앙다무는 것이 맞은편에 앉은 정민의 눈에도 또렷이 보일 정도였다.

"다들 짐의 만복을 빌어 준 것을 고맙게 여기노라. 오늘 짐은 대금의 황제로서 이 자리에 앉아 속국(屬國)들의 충성을 확인하였으니 그것으로 만족하였도다. 너희들은 앞으로 각기 임금들에게로 돌아가서 짐의 칙유를 전하고 무궁토록, 감히 거스르는 마음 없이 짐에게 충의를 보이도록 진언토록 하라."

황제는 순배(巡杯)를 돌리며 그렇게 말했다.

정민은 그의 말이 참으로 오만스럽다고 생각했다.

어찌 되었든 이 자리에 앉은 송, 고려, 서하의 삼국 모두 대내적으로는 황제의 제도를 갖추고 있는 나라들이었다.

그러나 금의 융기는 꼼짝없이 이들로 하여금 신속(臣屬)을 청할 수밖에 없도록 했던 것이다. 지금 금 황제 완안량의 입장에서 볼 때는 이들은 고작 번왕(藩王)이 다스리는 나라들에 불과한 듯 보였다.

그는 자신감과 패기가 있었으며, 연회가 벌어지는 와중에도 전각을 두루 병사들로 둘러 에워싼 채로 무력을 과시하고 있었다.

"각 사절들에게 내 이른 바 대로 너희 임금에게 전하여 짐이 원하는 바를 성심을 받들어 수행토록 할 것을 잊지 말라."

황제는 송나라의 은평군왕 조거, 고려의 최유청, 서하의 야리웅에게 한 번씩 시선을 주며 그렇게 말했다.

황제의 성긴 수염과, 강단 있게 뻗은 코, 옆으로 길게 찢어진 눈매는 마치 사천왕의 얼굴처럼 좌중을 압박하기에 충분한 것이었다.

그의 눈에 서린 묘한 광기에 정민은 힐끗 시선을 보내지도 못하고서 최유청과 함께 국궁(鞠躬, 허리를 깊게 숙여 예를 표함)을 했다.

"반드시 그리하겠나이다, 폐하."

각 사절들은 차마 입에 떨어지지 않는 대답을 황제에게 해야만 했다.

고려에만 하더라도 황제 완안량은 무리한 요구를 해왔다. 서하나 송에게도 필히 받아들이기 어려운 요구들을 했을 것이다. 그리고 암묵적으로 선언을 하는 것이다.

만약 이러한 요구를 수행하지 않는다면, 이 개봉에 주둔하고 있는 군대의 수배나 되는 병거가 모두 징발되어 너희 나라로 쳐들어가 징벌을 내릴 것이다, 라고 말이다.

"……."

술맛은 달면서도 썼다. 정민은 순배가 돌자 한 잔을
들이킨 다음에, 과상(果床)에 놓인 석류를 집어먹었다.

따뜻한 지방에서만 재배가 될뿐더러, 원산지가 중앙
아시아 지역이라 중국에서는 매우 귀한 과일이었다.

정민이 반대편에 앉아 있는 은평군왕 조거를 보니,
그는 심경이 복잡한 듯 얼굴을 간신히 굳히고서는 애꿎
은 술잔만 바라보고 있었다.

그 뒤의 회랑(回廊)에는 송나라 사절단원들이 열을
지어 배석해 있었는데, 개중에 안광이 번득이는 날카로
운 인상의 유생(儒生) 하나와 정민은 눈이 마주쳤다.
그는 정민의 시선을 피하지 않고 도리어 맞받아 보고
있었다.

'날카롭지만 한편으로는 태평하고, 교만해 보이는 동
시에 겸허하다. 이상한 사람이네.'

정민은 흥미가 돌아서 먼저 눈길을 피하지 않고 그를
차근차근 살펴보았다.

앉아 있는 상태라 가늠이 잘되지 않았으나, 체격으로
미루어 보건대 중키에 몸이 그다지 건장한 편은 아닌
듯했다.

그러나 눈빛은 매우 살아 있었으며, 잘생겼다고 하기는 힘들지만 날카로움이 돋아 있는 단정한 외모는 마치 고고한 학과도 같았다.

정민은 그다지 인물들이 보이지 않는 송나라 사신단 가운데에서 매섭게 돋보이는 인물이 있다는 것에 놀랐다.

'겉으로만 봐서는 알 수 없지만, 어쩐지 꽤 한 가닥 할 것 같은 사람이군.'

정민은 자신이 사람 보는 눈이 그다지 나쁘지 않다고 생각하고 있었다.

한 번의 인상으로 사람을 판단할 정도로 충분히 원숙한 눈은 아니었으나, 적어도 분위기나 사람의 행동거지로 미루어서 그 사람의 대략적인 품성을 가늠할 수는 있었다.

물론 그것도 대략적인 범위의 이야기였다.

오래 만나지 않고서야 그 사람을 어떻게 정확하게 알겠는가.

그러나 정자가와 같은 인물은 한 번 보아도 굳이 상종할 가치가 없는 사람이라는 것을 알 수 있고, 방금 눈이 마주친 송나라 사절단의 유생 같은 이는 한 번 말이라도 걸어 볼 만한 사람이라는 것을 짐작은 할 수 있는 것이다.

"그대, 고려의 부사는 짐의 가까이로 나아와 보라."

반대편에 앉아 있는 송나라 유생과 눈씨름을 하고 있던 정민은, 갑작스럽게 들려온 황제의 옥음에 깜짝 놀랐다.

황제의 말을 들었는지 송나라 유생은 살짝 웃음을 지으며 정민에게 고개를 끄덕였다.

옆에 앉아 있던 최유청이 당황스러운 표정으로 정민을 보자, 정민은 자신도 영문을 모르겠다며 살짝 고개를 젓고 황제를 향해 돌아서 배(拜)를 하고 앞으로 나아갔다.

"신, 고려국 예빈소경 정민이 대령하였나이다. 폐하께서는 만복을 누리소서."

"고개를 들라."

황제의 말에 정민은 고개를 들었다. 처음으로 정면에서 보는 황제 완안량이었다.

흘끔 볼 때 보다 정면에서 볼 때 그 눈빛이 더욱 광폭했으며, 철사 같이 뻗은 수염은 볼까지 뒤덮고 있었다.

살집이 있거나 체격이 둔중한 것은 아니었으나, 단단한 느낌을 주는 거구로 옥좌에 앉아 있는 것만으로도 위압감이 뿜어져 나오는 것 같았다.

의뭉스러운 느낌의 고려 임금과는 또 다른 패도(覇道)가 있었다.

정민은 눈을 마주치지는 않고 시선을 살짝 비껴 황제의 코 아래쯤에 놓았다.

황제는 한쪽 눈썹을 찌푸리면서 그에게 하문을 했다.

"일전에 견의례 때 보니 너의 기골이 좋고 얼굴이 빼어나 짐이 기억을 하고 있도다. 올해 나이가 어떻게 되느뇨?"

"금년으로 스물넷이 되었사옵니다."

"어리구나."

황제는 재미있다는 표정으로 정민을 바라보았다.

후들후들 떨리거나 하지는 않았지만, 살짝 긴장감이 돌아서 정민은 입술이 타 들어갔다. 종종 느끼곤 하지만, 이 시대에는 자신을 단칼로 목숨을 빼앗을 수 있는 권력자들이 너무 많았다.

대금의 황제도 그런 사람들 가운데 하나였다. 정민의

배포와는 무관하게 방약무인한 이런 자들 앞에서는 언동이 조심스러워지는 것이다.

정민의 대답을 기다리지 않고 황제는 정민에게 더 가까이 오라고 손짓했다.

"짐의 아래에서 벼슬을 해 볼 생각이 없느냐? 여인과 재물, 그리고 명예 모든 것을 네게 줄 수 있다."

정민이 가까이 가자 금 황제가 물었다.

정민은 그가 무슨 이유에서 모든 금나라 신료들과 각국 사절들이 보는 자리에서 자신에게 이런 물음을 하는지, 그 이유를 알 수가 없어서 순간 당황했다.

그러나 빨리 대답을 내놓아야 했다.

당연한 이야기이지만 황제의 아래에서 벼슬을 할 생각은 추호도 없었다.

이미 목숨은 구했으니, 고려로 돌아가서 내부를 정리하고 요양의 완안옹이 반정에 성공하도록 지원해야 했다.

전세(前世)의 기억대로라면 지금 눈앞에 있는 황제는 결국에는 폐위되고 역사상 유례없는 암군 가운데 하나로 기록될 자였다.

"소신, 황공하오나 본국 임금의 은혜를 받잡아 아비

를 비롯한 양대(兩代)가 사은(賜恩)을 입어, 목숨을 바쳐 받들기로 하였나이다. 폐하께서는 감히 황공한 은혜를 마다하는 죄를 사해 주시옵소서."

"고려왕이 충신을 뒀군. 네 외양이 탐이 나서 해 본 이야기이다. 지금 보니 배포가 내 궁중에서 일 할 만큼 크지 않아 보이니 없던 것으로 하자. 너의 자리로 돌아가라."

황제는 아쉽다거나 하는 것이 아니라, 탐탁하지 않다는 표정으로 그렇게 대답했다.

정민은 황공하다는 표정으로 다시 무도(舞蹈)하고 배를 한 뒤에 자리로 물러갔다.

이윽고 황제는 주연을 파하면서 좌중을 훑어보고서는 손을 들어 말했다.

"짐은 이만 합(閤)으로 물러가 피로한 몸을 뉘이고자 한다. 제경들은 연회를 이만 파하고, 각국의 사인(使人, 사절)들은 사해로 흩어져 짐의 칙유를 너희 임금들에게 전할 준비를 하도록 하라."

"만세, 만세, 만만세!"

황제가 몸을 일으키자 금나라의 고관대작들과 각국 사절단의 물경 천에 달하는 인원이 모두 엎드려서 황제의 만복을 기원했다.

드디어 위압적인 개봉부의 궁궐에서 벗어나 고려로 돌아갈 수 있다는 생각에 정민은 한숨을 돌리면서 다른 백관(百官)들과 함께 마음에 없는 만세를 외쳤다.

제29장
토우(土雨) 몰아치고

개봉 서쪽. 봄바람이 불기 시작하자 서쪽의 황토 고원에서 몰려든 황사(黃砂)가 편서풍에 날려서 하늘을 누렇게 물들이고 있었다. 개봉에서 각국의 사절단이 귀국길에 오른 음력 1월 9일에는 채 일 리 밖조차 내다보이지 않을 정도로 사방이 풍진으로 뒤덮여 어두웠다.

"서쪽으로 정주(鄭州) 가는 길에 있는 중모(中牟)라는 고을에 들려야만 합니다. 그곳에서 서하와 남송 사절들과 회합을 가지기로 했습니다."

"황제가 삼국의 사절들이 귀국로가 겹치지 않도록 사방으로 찢어 보내라고 명을 내렸다. 우리는 이번에는

동북으로 가서 대명부(大名府)까지는 육로로 이동해야
만 한다. 다른 사절들도 마찬가지일 것이다. 그냥 귀국
함이 어떠하냐?"

최유청은 개봉성을 나서면서 정민을 만류했다.

황제가 붙인 정병들이 대동하여 있기에 함부로 방향
을 돌릴 수도 없는 노릇이었다.

정민은 직감적으로 이번 사절들의 회동이 앞으로의
국제 정세의 흐름을 바꿔 놓을 수 있을 수도 있다는 것
을 느끼고 있었다.

이러한 자리가 어렵게 성사되었는데, 정민 자신이 원
하는 방향으로 이끌어 나가지는 못하더라도 최소한 어
떠한 생각으로 각국 정객(政客)들이 움직이고 있는지는
알아야만 했다.

정민은 이미 입지(立志, 뜻을 세움)를 단단히 한 상
황이었다. 그의 목표는 이제 더 이상 일신의 안정과 부
귀 같은 것이 아니었다.

중세의 참혹한 인세(人世)에서 살아남기 위해서는 권
력을 쥐는 것이 필수적이었기에 입신양명을 위해서 노
력해 왔다.

그러나 이제에 와서 깨달은 것은 권력은 필수적으로

끊임없이 희생과 견제, 그리고 위협에 대한 노출을 의미한다는 것이었다.

사방으로 안정되어 외적이 없고, 내부로도 단단히 결속된 왕조의 군주가 아니고서야 권력에 의한 안정을 누릴 수는 없었다.

끊임없이 계산을 하고 재바르게 움직여야 간신히 유지할 수 있는 것이 권력이었다. 권력이랄 것도 없는 조그만 벼슬 하나 얻어 등용문에 올랐어도 바로 목숨을 위협하는 견제가 들어오는 것이 현실이었다.

정민은 기왕에 일이 이렇게 된 바에, 고려를 비롯한 천하를 찢어 놓고 자신만의 영역을 건설하는 것을 장기적인 목표로 삼기로 했다.

이제 정민은 고려에서의 삶을 여분으로 얻은 것으로 여기기로 마음을 먹었다. 차라리 그렇다면 이룰 수 없는 목표라도 도박 같은 외줄타기를 계속해서라도 달성해 보기로 생각한 것이다.

위태한 순간은 많았다. 노비로 시작해서 여러 위기를 거쳐 가면서 여기까지 왔다. 그리고 아직도 그의 앞에 장애물 두 가지가 남아 있었다.

'고려에서는 최포칭 일파를 치워 버리고 우리 집안의

영향력을 더욱 확대해야만 한다. 외부적으로는 반드시 금 황제 완안량이 패착(敗着)을 저지르고 역사 속으로 사라져야만 한다. 아니면 차라리 끊임없는 난세로 들어가는 것도 나쁘지는 않겠지. 그래야만 움직일 수 있는 숨통이 트이고 공간이 나올 것이다. 여기서 지금 나에게 유리한 환경을 조성해 놓지 않는다면 언제고 사방에서 적들이 노리는 위험한 상황만이 지속될 것이다.'

정민은 때문에 기왕에 얻은 야리웅의 회담 제안을 반드시 성사시키고 싶었다. 물론 정민은 지금 상황에서는 아무런 실권도 없고 고려를 대표해서 어떠한 약조를 할 수도 없는 신분이었다.

고려의 임금은 그들을 신임하고 금나라에 보낸 것이 아니며, 돌아가서 내부적으로도 보다 강력한 파벌인 최포칭 일파에게 위협을 받는 상황이었다.

그러나 역설적으로 그렇기 때문에 더더욱 금나라에서 일을 벌여야만 했다. 고려를 국제적 파란으로 몰아넣어서 혼란스러운 정국에서 주도권을 쥐어야만 했다.

"반드시 가야겠습니다."

"무슨 생각이 있구나."

정민의 말에 최유청의 표정이 굳었다.

그는 금나라에 입경한 뒤로 정민의 기지 덕분에 여러 고비를 넘겼다는 생각을 하고 있었다.

어찌 되었든 덕분에 목이 성하게 붙어 있는 채로 귀국할 수 있게 되었으니, 최유청으로서는 정민을 신임할 수밖에 없었다.

"그렇습니다."

"모래구름이 갈수록 짙어지는구나. 한인(漢人)의 복장으로 변복하고 혼자 빠져나가 말을 달렸다가 1월 15일까지는 대명부에 도착할 수 있도록 해라. 내가 몸져 눕는 시늉을 해서라도 그날까지는 대명부에서 더 나아가지 않고 있으마."

"감사합니다."

"어차피 너와 나는 혈연으로 묶여 있으며, 고려에 돌아가서도 한 배를 타고 움직여야 한다. 네가 그리는 그림이 무엇이든 간에 나는 믿고 기다릴 수 있다. 가거라."

최유청의 허락이 떨어진 이상 거칠 것이 없었다. 개봉성을 나서서 채 몇 시간이 지나기 전에 호흡이 어려울 정도로 황사가 짙어진 틈을 타서 정민은 슬쩍 대열에서 이탈했다.

황사가 몰아치는 가운데 말에 박차를 가해서 구릉을 달려 내려가 덤불 속에 잠시 숨어 모래바람을 피했다.

멀리서 고려 사절단이 멀어지는 소리가 들렸다.

명마인 죠보훈이라도 데리고 왔다면 모래구름이 몰아치더라도 두어 시간 내달려서 중모에 도달할 수 있었겠으나, 호흡도 힘든 이러한 황사 가운데에서 튼튼하지 않은 말을 타고 달리기가 쉽지는 않아 보였다.

개봉에서 중모까지는 멀지는 않지만 그래도 70여 리는 되는 거리였다. 이런 상황에서는 길도 모르는 상황에서 반나절 안에 도달하리라는 보장이 없었다. 그러나 내일이 되기 전에는 반드시 가야만 했다.

정민은 모래가 숨에 섞여 들어가지 않도록 옷을 조금 찢어서 얼굴 아래쪽을 덮어 묶었다. 그리고서는 말의 위에 다시 올라서 남서 방향으로 천천히 움직이기 시작했다.

시계가 좁았지만 그래도 대충 논밭을 달려서 개봉성의 성곽을 다시 만나서 서쪽 방향으로 움직여서 관도(官道)를 타는 데 성공했다. 다행히 병졸을 만나거나 검문을 받지 않을 수 있었다.

혹여나 주변에 군막을 마주칠 수도 있는 노릇이었으

나, 사방이 모래구름인 탓에 병졸들도 밖으로 나서지 않아 나름 요령껏 피해 갈 수 있었던 것이다.

그렇게 길을 가늠해 가며, 저녁 무렵에는 중모의 읍성에 다다를 수 있었다. 다행히 출입을 막아 세우지는 않아서 관부(官府)에서 멀찍이 떨어진 주막을 겸한 여관에 자리를 잡고 잠을 청했다.

서하 사절단은 내일 출발하기로 하였으니 오후쯤이나 되어야 중모에 들어올 터였다. 방향과 날짜까지 다르게 찢어서 귀국하라는 황제의 명령에 내심 정민은 그 치밀함에 짜증이 나기도 하고 놀랍기도 했다.

실제로 약조하기는 하였으나 사절단들 끼리 만나서 논의를 할 수 있다는 것은 황제로서는 아무런 증거 없는 의심이었다. 그럼에도 불구하고 그는 혹여 모를 일에 대비해서 이렇게 사절단들을 서로 동선이 겹치지 않게 하는 것이다.

'야리웅이야 어떻게 만날 수 있다고 하여도, 도대체 남송의 사절단은 이미 남쪽으로 한참을 내려갔을 터인데 어떻게 내일 모습을 나타내려고 하는 것일까. 사실 야리웅과 둘만이 마주 앉아서는 크게 논할 수 있는 것이 없다. 큰 그림을 그리는 것이 가능하지가 않아.'

정민은 애써 오지 않는 잠을 억지로 청했다. 모래가 들어오지 말라고 창을 닫아걸고서 어둑한 가운데 놓여 있는 것이라고는 잠자리 거적과 조그만 평상뿐인 방에서 홀로 있자니 생각이 복잡할 뿐이었다.

그렇게 어떻게 겨우 잠을 들고서, 아침 일찍 일어나 교자(餃子)로 간단히 식사를 마친 다음에 성중으로 정민은 나갔다.

아침이 되자 그 심하던 황사도 어느새 걷히고 맑지는 않더라도 꽤나 숨쉴 만한 공기가 되어 있었다. 우토(雨土, 황사)가 남긴 모래먼지가 건문들의 문설주마다 가루를 펴 바른 것처럼 묻어 있긴 했지만 말이다.

'왔구나!'

중국말을 할 줄 모르니, 최대한 입을 열지 않은 채로 아예 삿갓까지 뒤집어쓰고 정민은 중모 성내에서 주변을 살폈다.

얼마 가지 않아 동쪽 성문이 열리고 길가의 사람을 밀어내며 관병들이 부산하게 움직이는 것이 보였다.

서하 사절단이 이제 귀국로에 올라서 중모를 거쳐 가는 모양이었다. 주민들과 함께 골목으로 피해서 큰길을 따라 들어오는 서하 사절단을 정민은 주시했다.

미리 준비해 둔 붉은 천을 손목에 묶어서 길가에서 주의하면 볼 수 있도록 한 다음 번쩍 치켜들었다. 점차 사절단이 다가오자, 정민의 눈에도 또렷이 야리웅의 얼굴이 들어왔다.

　그가 혹여 보지 못할까 싶어 정민은 일부러 앞에 있는 젊은 청년을 밀쳤다. 그가 넘어지면서 뭐라고 쌍욕을 하자 관병들이 근처로 달려오며 주의를 주었고, 야리웅이 소리가 난 곳으로 자연스레 시선을 옮기다가 정민과 눈이 마주쳤다.

　그는 정민의 손에 묶인 붉은 천을 한 번 보고서는 고개를 끄덕였다. 찰나의 순간이었지만 약속이 확인된 것이었다. 정민은 넘어진 청년이 관병들을 붙잡고 하소연을 하려는 순간 골목으로 숨듯이 잠겨 들었다.

　그 순간 다시 한 번 젊은 여인과 부딪혔으나 정민은 미안하다는 말을 할 겨를도 없이 자리를 피해야만 했다.

　'예쁜 여자였던 것 같은데, 지금 그런 걸 생각할 겨를이 아니지……'

　골목을 지나 다시 다른 쪽 대로에서 사람들 사이로 숨어들면서 정민은 겨우 한숨을 돌렸다.

정민은 서하 사절단이 객사에 숙소를 잡은 것을 확인하고서는 짐을 챙겨 나와서 중모에서 가장 큰 여관에 다시 자리를 잡고, 묵고 있는 방의 창밖에 다시 붉은 천을 매어 놓았다.

야리웅이 찾아오기를 기다리면서 침상에 누워 있자니, 문득 담배 생각이 났다.

긴장감이 들 때면 이완을 시킬 수 있는 방법이 필요했다. 아쉽게도 이 시대에는 도저히 구할 수 없는 것이었다. 물론 막상 손에 쥐어진다고 해도 피라면 다시 한 번 고민하겠지만.

'……야리웅인가?'

그렇게 두 시진 정도 누워서 잠시 쉬고 있었을까. 해가 어둑어둑해질 무렵이 되자 누가 문지방에 와서 서 있는 것이 문을 장식한 나뭇살 너머로 보였다.

정민은 미닫이를 조심스레 열었다. 그곳에는 야리웅이 아니라 젊은 남자가 서 있었는데, 바로 주연례에서 송측 사절단에 섞여서 앉아 있던 그 눈빛 매섭던 유생이었다.

"여기서 뵙는군요."

그가 읍을 하며 정민에게 인사를 했다. 한어로 말을

하고 있었지만, 금나라 중도든 남송의 임안이든 조정에서 두루 쓰이는 발음이 명확한 관화(官話)였기에 정민은 대충 뜻을 짐작할 수 있었다.

그는 한어를 잘 알지 못한다고 밝히고 나서, 들어와 앉으라 권한 뒤 서안에다가 종이와 먹을 놓았다.

유생은 웃음을 살짝 띠우며 자리에 흔쾌히 앉아서 먹을 갈기 시작했다.

정민은 괜히 가만있기에 멋쩍어서 연적에 물을 개운 다음에 벼루에 부어 주었다. 유생은 그렇게 한참을 마치 참선을 하듯이 먹을 간 다음에 아주 유려한 몸동작으로 붓을 들었다. 정민이 저도 모르게 감탄할 정도였다.

—송사(宋使)로 참여한 주희(朱熹)입니다.

정민은 종이 위에 적힌 이름을 보고서는 저도 모르게 흠칫 놀랐다.

동명이인이 아니라면, 또는 그가 거짓으로 자기 이름을 밝힌 것이 아니라면…… 지금 자신의 앞에 앉아 있는 것은 이후 수 세기를 유교의 정식 해석으로 왕조를 규율할 성리학의 창시자인 주자(朱子)임에 분명했다.

정민은 저도 모르게 눈이 동그래져서 주희를 바라보

았다. 역시 다시 봐도 그 매서운 기골이 여전했다. 역시 사람을 알아보는 자신의 눈이 틀리지 않았다고 생각하면서, 정민은 숨을 가다듬고 붓을 건네받아서 자기 이름을 적어 나가기 시작했다.

─고려 사절 정민입니다.

그렇게 둘 사이에서 필담이 오고 가기 시작했다.

─서하의 야리웅 선생께서는 조금 더 늦으실 겁니다.

─이미 만나셨습니까?

─개봉에서 한 번 뵙고, 여기서는 서하 사절단이 들어오기에 그들이 머물 객사 앞에서 죽치고 앉아 있었지요. 야리웅 선생이 들어갈 때 제 얼굴을 확인하더니, 이내 종복을 시켜서 저에게 붉은 천을 가져다주더군요. 그 붉은 천에 이 천이 걸린 곳에 찾아가 있으라 하기에 중모 성내를 뒤져 이제야 찾아서 왔습니다.

─금나라 관병이 알아서는 아니 될 일이니 좀 수고스럽더라도 어쩌겠습니까.

─그렇지요. 조심스러워서 나쁠 것은 하등 없습니다. 공자께서도 스스로 단속하여 잘못되는 자는 드물다[以約失之者鮮矣]고 하셨지요.

─덕이 있으면 외롭지 않으니[德不孤必有隣], 오늘

여기서 우인(友人)을 만나는지도 모르겠습니다.

—좋은 받음이었습니다. 고려국에도 공자님 말씀이 잘 가르쳐지고 있는 모양입니다.

—과문하여 성현들 말씀에 깊은 식견이 있지는 않습니다.

정민은 겸양을 떨었다. 사실 내심 부담스럽기도 한 것이, 성리학의 사실상 조종(祖宗)이나 다름없게 후대에 이름을 떨치게 되는 사람이었다.

이런 사람 앞에서 경전으로 건방을 떨 수는 없는 노릇이다. 정민은 주희의 인용이 《논어(論語)》의〈이인편(里仁篇)〉에 나온다는 것을 알았기에 재빨리 장단을 맞춰 줄 수는 있었지만, 등에서 진땀이 빠지는 것은 어쩔 수 없었다.

—저 또한 일개 유생으로 배움이 미천하여 공맹의 말씀을 좇아 살기에 급급합니다.

주희의 겸양에 정민은 저도 모르게 한숨이 나올 뻔했다. 다른 사람도 아니고 주희의 입에서 나올 이야기는 아니라고 생각하면서 말이다.

아직 대성할 나이는 아니라고 하여도 그 싹이 어디 가겠는가. 모르긴 몰라도 이미 온갖 전적에는 달통(達

通)하였을 것이라고 정민은 생각했다.

그때 문가에 다시 사람이 와서 선 것이 보였다. 정민이 일어나 문을 여니 야리웅이 서 있었다.

정민은 내심 주희 앞에서 긴장하고 있던 터라 빨리 정치적인 논점으로 옮겨 갔으면 하는 마음에 반갑게 야리웅을 맞아들였다.

—어렵게 이렇게 자리를 만들게 되었군요. 그래도 다들 이렇게 모여 주셔서 감사합니다.

정민은 야리웅의 말에 잠시 어리둥절했다. 주희는 송나라 사절의 정사도 아니고 부사도 아니었다. 어떤 책임 있는 위치가 아니어 보였기에 주희가 송나라 대표로 참석했다는 것에 의아했던 것이다.

물론 정민이 아는 주희는 이름난 선비긴 했지만, 지금 이 시점에서도 송나라에서 어느 정도 명망이 있는지는 알 수 없었다. 정민의 의아함을 느꼈는지, 주희가 살짝 웃음을 지으며 다시 붓을 들어서 종이에 글을 써 내려갔다.

—저희 대송(大宋)의 2황자이신 은평군왕 전하께서는 화평을 유지하고자 더 많은 세폐와 공물들을 약속하고 금나라 군병이 국경을 넘지 않을 것이라는 약조를 받고

돌아가셨습니다. 그러나 저는 1황자이신 건왕 전하의 뜻에 따라 이번 사절단에 참여하였습니다. 1황자께서는 화평을 원치 않으십니다.

—전쟁을 무릅쓰고자 하신다는 말씀이십니까?

—적어도 굴욕적인 화약(和約)을 원하는 것은 아니라고 해 두지요.

어째서 주희가 이런 모임에 참여하게 되었는지를 이제 정민은 알 수 있었다. 어떻게 생각하면 여기 모여 있는 사람들은 모두 비슷한 처지였다.

정민 자신은 고려국을 대표하고 있다기보다는 이 사태를 국내의 최포칭을 위시한 권문귀족들과의 전략전에 이용하기 위해 나온 것이다.

서하 황제의 황명을 받들었다고는 하나 야리웅도 국내의 임득경과 같은 권신을 쳐 내기 위해 이 국면을 움직이려고 한다. 그리고 이제 주희도 국내의 세력 다툼이 있음을 방금 시인한 셈이었다. 자신이 사절단의 정사로 참여했던 화의파인 2황자 은평군왕이 아닌, 1황자 건왕을 위해서 여기에 자리했다고 말 하고 있는 것이다.

'각자 이 위기를 유리한 방향으로 끌고 가기 위해서

함께 힘을 뭉치게 된 셈이다.'

정민은 차라리 이 상황에 안도가 되었다. 이들은 각자의 이익을 도모하기 위해서 자리에 함께 앉아 있다.

이런 자리에서는 명분이 아니라 실리에 따른 논의가 이루어진다. 더불어 이 대화를 통해 얻으려는 것이 각자 자기 나라에서 정치적인 우위를 점하는 것이므로 이해가 상충될 리 없다.

정민은 조금 가뿐해진 마음으로 야리웅과 주희와 시선을 교환한 다음 붓을 들었다.

—오늘 논하고자 하는 것은 현 금국 황제의 처분이 될 것입니다.

"처사께옵서는."

노승(老僧)은 눈도 뜨지 않은 채로 마주 앉아 있는 남자에게 말했다. 남자는 대답 없이 노승이 말을 이어가기만을 기다리고 있었다. 고요한 절간에는 바람에 흔들리는 풍경소리만이 가득 차 있을 뿐, 그들이 앉아 있는 조그만 불당(佛堂)의 근처에는 아무도 얼씬거리지 않았다.

늙은 중은 한참이 지나서야 눈을 가늘게 뜨며 남자를 바라보았다. 남자는 그저 덤덤한 표정으로 그의 시선을 받아내었다. 그제야 노승은 입을 다시 열었다.

"나랏일로 하루가 일 년 같이 바쁘실 터인데 어찌 이러한 와중에 이 남쪽까지 걸음을 하셨소이까?"

매우 늙은 승려의 얼굴은 온통 검버섯과 주름으로 가득 차 있었고, 이빨 빠진 입으로 하는 말은 알아듣기가 어려웠다.

그러나 남자는 매우 공손한 태도로 그의 말을 주의 깊게 듣고 대답했다.

"단속사(斷俗寺)가 천 리 밖 지리산에 있다고 하나 서울서 이곳까지는 가르침을 구하러 오기에 먼 거리는 아니지요, 대사(大師)님."

"남들은 더러 나를 대사니 고승이니 하나 나는 그저 불도도 미처 다 닦지 못한 땡중이오."

승려의 말에 남자는 살짝 얼굴에 무안한 웃음이 떠올랐다. 자신의 바로 앞에 앉아 있는 이 고승(高僧)은 그야말로 지난 고려 불교의 산증인과 같은 사람이었다.

탄연(坦然)이라는 이름으로 알려진 이 선승(禪僧)은

올해로 나이가 아흔둘이었다. 문종 연간인 1070년에 태어나서 열여섯 나이에 명경과(明經科)에 합격하고, 세자를 가르친 바도 있었다.

그야말로 문종으로부터 당대의 임금에 이르기까지 8대의 천자(天子)가 다스린 세월을 거쳐 오며 고려 조계종(曹溪宗)의 기틀을 닦는 데 큰 역할을 한 대승이었다.

"양종(兩宗) 가운데 하나를 중건하시고 왕후장상들로부터 존경을 받으시는 스승이십니다. 어찌 그리 말씀하십니까?"

"세상의 허명이야 모두 헛된 것이오이다, 처사."

사내의 추켜세움에도 노승은 그저 혀끝만 끌끌 차고 있을 뿐이다. 본래 신라 말대로부터 고려의 불교는 5교(敎)와 9산(山)으로 크게 나뉘어져 있었다.

그런데 대각국사(大覺國師) 의천(義天)에 의해 천태종(天台宗)이 세워지고 선불교의 종통(宗統) 대우를 받기 시작하자, 선불교의 맥을 이어 오던 9산이 하나로 뭉쳐서 조계종(曹溪宗)이라 칭하게 되었다.

때문에 선종의 맥에 속하는 9산은 천태종과 조계종의 양종으로, 교종의 맥에 속하는 5교는 그대로 남아 5

교 양종으로 되어 있다고 하겠다. 이 조계종이 하나로 묶이는 데 큰 역할을 한 것이 바로 이 탄연이었으며, 선사(禪師)의 위치에 올라 인종 임금으로부터 첨수가사(添繡袈裟)를 하사받고, 그 뒤에는 보리연사(菩提淵寺)의 주지가 되었다.

그는 불도를 깨우쳐서 도통했다는 이야기를 들을 정도였는데, 보리연사에 들끓던 뱀이 그가 법회를 열자 모두 사라질 정도였다고 했다.

종래에는 왕사(王師)까지 올랐다가, 십여 년 전에 이곳 단속사로 내려와서 후학을 양성하는 데에 전념하고 있었던 것이다.

그러나 세상의 중평은 그가 그다지 이러한 명예에 연연하지 않는다는 것이었다. 그러나 사내는 탄연의 그러한 평판을 그다지 믿지는 않았다.

그러한 평판이 날 만큼 정치적인 사람이 탄연이라고 생각하고 있었다. 실로 오늘 찾아온 이유 또한 그런 믿음 때문이었다.

사내, 최포칭은 허리를 쭉 펴고 거대한 동불(銅佛) 아래에 앉아 있는 노승을 바라보았다.

"명예가 헛된 것을 아는 미천한 불제자입니다마는,

모두가 도량(道場)에서 불도를 닦을 수는 없으니 속세에서 불법을 실천하고자 종무에 종사해야 할 사람도 필요치 않겠습니까. 그런데 스님께서는 불도로도 대종을 이루시었고, 세상에 나아가서 임금의 궐전에서 가르침을 주시며 속세를 계도하는 데에도 이르셨으니 그야말로 양통(兩通)이 아니겠습니까."

"늙은 중을 부추겨서 무에 쓰시고자? 처사의 눈에 욕심이 너무 가득하오."

탄연은 고개를 저었다. 물론 최포칭이 오늘 무엇을 기대하고 지리산까지 내려왔는지는 잘 알고 있었다.

"좋은 뜻으로 말씀하신 것으로 알고 있겠습니다."

"도읍에서의 일이 마음대로 되지 않소?"

"마음대로 되지 않는다기보다는 폐하의 심기를 어지럽히고자 하는 모리배들이 들끓어서 문제지요."

"묘청이만 하겠소."

"꼭 역도처럼 거병하여야 역적은 아니지요."

"이자겸이와 척준경이도 역적은 역적이나 거병은 하지 않긴 했지."

탄연은 옛 일들이 떠오른다는 듯 잠시 눈을 감고서 탄식했다. 오랜 일들이었다.

이자겸과 척준경이 손을 잡았다 갈라섰다 하며 전횡을 부리던 오래전에도 이미 그는 중년의 나이였다.

"옳은 말씀이십니다."

"그러나 처사는 들으시오. 내가 이 산문에 앉아 있으나 눈과 귀가 닫히지는 않았소. 지금 그러한 역적이 과연 있소?"

"환관 정함이 사라진 자리는 누가 메우겠습니까?"

"그게 처사 아니오?"

"이거야, 허허. 저를 너무 떠 보시는 것이 아니십니까."

최포칭은 폐에서 나오는 것이 아닌 헛웃음이 저도 모르게 나왔다. 그는 이 자리에 도움을 구하고자 온 것은 맞았다.

나라에서 크게 돌보아 주고 있는 천태종에도 자신의 입김이 닿아 있으니, 조계종에도 입김을 넣어서 자기를 위해 움직이게 하고 싶었던 것이다.

고려의 정치에서 불사(佛事)를 빼놓을 수 없음은 누구나 알고 있었다. 그렇다면 힘이 있는 종단을 자신의 등 뒤에 깔아 놓아야 한다. 그래야 쓸 수 있는 패가 많아진다.

최포칭은 그래서 조정의 여론을 간접적으로나마 움직일 수 있는 커다란 종단들을 자신의 뒷배에 두고자 했던 것이다. 그리고 조계종의 대종사(大宗師)나 다름없는 것이 바로 탄연이었다.

그러나 이 선문답 같은 대화에 최포칭은 살짝 염증이 나려 했다.

'너무 늙은이를 찾아왔나……'

마치 산 채로 죽어 있는 부처와도 같은 외관의 탄연을 보면서 최포칭은 답답함이 앞섰다.

이 속을 알 수 없는 고승을 어떠한 방법으로 움직여야 할지 지금으로서는 가닥이 잡히지 않았다.

"우리 조계의 문도들은 참으로 훌륭한 머리와 뛰어난 재능을 갖추고 있으나 세상에서 그리 빛을 보고 있지는 못하오. 그것은 우리 스스로가 얼마 전까지도 구산(九山)으로 나누어져 있었기 때문이기도 하거니와, 선(禪)의 가르침 또한 그러한 공명을 탐하지 않게 하오. 그러나 이단(異端) 제종(諸宗)들의 범람을 눈앞에서 보고만 있을 수도 없는 터."

"그 말씀은……"

"처사께서는 오랜 세월 내려온 아홉 산의 선종문파들

이 5교 때문에 뭉쳤다고 생각하시오, 아니면 다른 것 때문에 뭉쳤다고 생각하시오?"

"천태종을 말씀하시는 것입니까?"

"양종(兩宗)이라고 하나 고려 땅의 선불교의 맥은 본래 아홉 산의 절들이 뭉치지 않고 각기 이어 왔던 것이오. 그런데 교선(敎禪)의 가르침을 마구잡이로 섞어다가 나라를 등에 업고 만든 것이 천태종이오. 그들이 이제는 속세에 나가서 큰 소리로 선불교의 종통이 자신이라 주장하고 있으니 우리 제자들이 어디에 가서 하소연하기도 어렵소이다."

최포칭은 탄연의 말에 숨이 턱 막혔다.

지금 조계종을 자기 세력으로 만들려면 천태종을 버리고 오라고 하는 것이다.

그러나 최포칭은 그럴 수가 없었다. 천태종의 여러 승려들에게 그간 들인 공이 어마어마한데다가, 그들을 위해서 절까지 지어 바친 일이 있었다.

그리고 뒤에서 그들이 최포칭이 원하는 대로 왕실에 조언을 해 주기도 하고, 사람들을 움직여 주기도 하였기에 지금의 세력을 이룰 수 있었던 것이다.

그런데 이 상황에서 천태종을 버리고 조계종으로 갈

아타는 일은 상상하기 어려웠다. 그러나 헛된 약속을 해 줄 수는 있는 법.

"당장 천태종과의 연을 끊을 수는 없습니다. 다만 난신적자들을 조정에서 몰아내고 양종(兩宗)의 위치를 바로잡아 본국 불도의 가르침을 한 물줄기로 한데 모을 수는 있겠지요."

"무슨 이야기를 하는지 당최 모르겠소이다. 소승은 처사께 천태종과 척을 지고 우리에게 오면 도와주겠다는 이야기를 하는 것이 아니올시다. 천태종이 저리 위세를 떨치는데도 왜 우리가 세상에 나가서 일을 바로잡지 않는지를 이야기 하는 것이오."

최포칭은 탄연의 말을 들으면서 속이 뒤집히는 것만 같았다. 그는 그래서 그만 재배를 하고 자리를 일어나려 했다.

지리산까지 온 것이 다 소용없다는 것을 깨닫고서 어서 개경으로 돌아가려 했던 것이다. 그때 법당의 문이 벌컥 열리면서 노복 하나가 땀이 흥건해 뛰어 들어와 최포칭에게 엎드렸다.

최포칭은 당혹하여 노비를 꾸짖었다.

"고승 앞에서 이 무슨 무례한 행동이냐?"

"개경에서 급한 전갈을 바치고자 온 것이나이다. 삼일 밤낮을 달려와 겨우 당도하였으니 용서하십시오."

최포칭은 노복의 말에서 범상치 않은 일이 있음을 알았다.

그는 노복에게서 서찰을 낚아채듯이 받아 내고서는 법당 밖으로 내쫓았다.

그는 탄연의 앞에서 그것을 개봉하기 저어하여 잠시 눈치를 보고 있었는데, 탄연은 별로 개의치 않는 다는 듯 가부좌를 틀고 뒤로 돌아 앉았다.

'……김순부가!'

최포칭은 무례도 잊고서 서간의 내용을 읽어 내려가다가 숨이 턱 하고 막혀 왔다.

김순부가 포박된 채로 압록강을 넘어왔다는 모양이었다.

그 주변을 정서의 사병들이 철통같이 지키고 있어 접근도 어렵다는 내용이었다.

개경에서 이를 알고 다시 지리산까지 보내는 데 시간이 걸렸을 터이니, 지금쯤 족히 서경도 훌쩍 너머 개경으로 다 도착해 갈 가능성이 높았다.

"이런 젠장맞을!"

탄연이 법당 안에 같이 있는 것도 순간 잊고 최포칭은 욕지기를 내뱉었다. 그의 손에 들려 있던 서찰은 어느새 완전히 구겨져 있었다.

"처사의 일이 잘 풀리지 않은 모양이시구려."

"……."

"남에는 신룡(神龍), 동에는 황룡(黃龍), 북에는 교룡(蛟龍)이 일어날 터인데, 처사는 용이 될 수 있으시겠소?"

"이만 실례하겠습니다."

최포칭은 탄연이 무어라 하는지는 귀에 들어오지도 않았다.

그는 탄연의 물음에 대답하지 않고 법당을 뛰쳐나가, 곧바로 말을 달려 북으로 내달렸다.

쫓아오는 종복들의 걸음이 지쳐서 나가떨어지고, 쓰러져서 사경을 헤맬 정도가 되어도 멈추지를 않았다. 김순부가 잡혀 온다는 사실은 일이 완전히 틀어졌다는 이야기였다.

지금으로서는 정보가 아무것도 없으니 돌아가는 정황이라도 빨리 파악해야만 했다.

최포칭이 절간을 떠난 다음 날, 탄연은 죽음을 직감

하고 제자들을 불러들였다.

"나의 갈 곳은 내가 이미 알고 있으니, 너희들은 모두 무릇 남이 하는 바를 따라 소기(小忌)니 대기제(大忌祭)니 하는 것들을 지내지도 말고, 사십구재(四十九齋)니 백일재니 하는 명재(明齋)도 지내지 말고, 다만 부지런하게 득도에 정진하여라."

이렇게 말하고서는 바로 그 자리에서 앉은 채로 입적(入寂)하였다.

살아 있는 승려들 가운데 가장 명망 높은 승려가 세상을 떠났다는 소문은 최포칭의 말만큼이나 빨리 북쪽으로 달려서 개경까지 이내 퍼졌다.

한 시대의 거목이 저물었으니 세상이 이제 흔들릴 때가 되었다고 누군가가 촌평했다.

임금이 그를(國師)로 추증하고 시호를 대감(大鑑)이라 내려 대감국사라 하게 된 것은 이로부터 몇 달 뒤의 일이었다. 그리고 그동안 개경에서는 많은 일이 있었다.

중모(中牟)에서의 회동은 밤을 새워 진행되었다.

정민은 야리웅과 주희에게 동북방의 민심이 심상치 않으며, 금 황제가 남송에 대한 정벌을 준비하고 있음을 그들이 거의 확신하고 있었다. 만약 전쟁이 발발한다면 바로 거병하여 황제를 몰아낼 준비를 하고 있다고 전했다.

아직까지 확실한 신뢰가 확보되었다고 판단하기는 어려워서 정민은 반정을 준비하는 것이 갈왕 완안옹이라는 등의 구체적인 사실을 이야기 하지는 않았다.

그러나 주희는 예상대로 전쟁이 일어날 것이라는 것을 이를 통해 거의 확신하게 된 듯했다.

남송은 전쟁이 임박하였음을 알고 있었으며, 때문에 이번 사절단의 목적은 이를 정탐하고 금 황제로부터 조공을 늘려서라도 송을 치지 않겠다는 확약을 받아 내려 했던 것이다.

조공만 늘고 뜨뜻미지근한 대답만 받았다는 것이 주희가 전해 준 내용이었다. 그리고 야리웅은 예상대로 황제가 서하의 내정에 개입하지 않는 대가로 병력을 요구했다고 말해 주었다.

그러나 그는 만약 금 황제가 요구하는 병력을 차출하

여 금나라로 보낼 경우에는 서하의 조정을 뒤흔들고자
하는 임득경이 언제고 빈 도성을 치러 거병할 수 있음
을 우려하고 있었다.

　─그렇다면 서하에서는 황제가 요구한 병력을 보내어
안심시키되, 머리수만 맞추고 어린아이와 늙은이들로 구
성하여 보내십시오. 그리고 정병은 일부러 남겨서 서하
의 국도를 방비하게 하는 것이 어떻습니까?

　정민은 그렇게 제안을 했다.

　─그렇다면 금 황제가 눈치를 챌 우려도 있으니 도읍
을 방비하기 위해 충분한 인원을 조금 제외하고는 정병
도 차출하지요. 다만 이것은 임득경의 사병들로 충당할
생각입니다. 임득경은 자신의 병력이 다소간 빠지게 된
다고 하더라도, 도읍이 빌 것이라고 확신만 하게 된다면
기꺼이 내놓을 것입니다.

　야리웅은 대충 머릿속에서 계획이 잡혀 가는 모양이
었다.

　그는 웃음을 지으며 덧붙였다.

　─그리고 그 병력은 제가 직접 이끌고 나와 지휘할 생
각입니다. 그리고 시기가 맞게 된다면 송나라 진영이나
반군의 진영으로 끌고 가서 투항하도록 하지요. 그렇게

한다면 서하로서는 잃는 것이 없고 이득만 있게 될 것입니다.

—참으로 괜찮은 계책입니다.

주희가 맞장구를 치며 웃었다. 정민이 듣기에도 충분히 성공이 가능한 계획이었다. 그는 재빠르게 머리를 정리했다.

'자, 이제 서하는 패를 내놓았다. 야리웅은 계산을 마쳤고, 이 합의가 성립하려면 고려와 송도 걸맞는 것을 꺼내야 할 텐데.'

정민은 잠시 필담이 오고 가고 있는 종이에서 눈을 거두고 주희를 바라보았다.

그가 꺼내는 패에 따라서 자신이 드러낼 부분을 조절할 생각이었다.

주희는 턱을 쓰다듬으며 잠시 고민을 하고 있는 듯 보였다. 이내 그는 붓을 들었다.

—아쉽게도 제가 약속 드릴 수 있는 것은 많지 않습니다. 다만 이번에 정사로 오셨던 은평군왕 전하께옵서 금 황제로부터 얻은 것은 오로지 늘어난 세폐와 막을 수 없는 전쟁에 대한 빈말뿐인 약속인 반면에, 만약 여러분이 말씀하신 바대로 금 황제가 위기에 처하게 되어 거꾸러

진다면, 이러한 일을 뒤에서 준비한 공로로 건왕 전하께서는 황위계승으로 한 발짝 더 가까워지시겠지요. 서하와 고려 양국의 도움이 어떤 형태로라도 있다면, 우리 대송은 서하에 대해서는 토번을 치는 일에 병력을 거들어 양동작전으로 도와줄 수 있으며, 고려와는 국교의 재개를 하고 상거래의 확대를 생각해 볼 수 있을 것입니다.

주희의 말은 어디까지나 생각해 볼 수 있다는 것이었다.

그러나 생각해 보면 당연한 일이었다. 서하나 고려가 움직이는 것은 어디까지나 서하의 근황파와 고려의 정민 일파가 이익을 보기 위한 것일 뿐, 꼭 그리된다고 약속할 수도 없는 것이다.

거기다 남송이 직접적으로 혜택을 보는 것이 딱히 있다고 보기는 힘들었다.

그러나 세 나라가 함께 적시에 움직여 주고, 반군도 제때 일어나야 금 황제 완안량이 무너질 수 있었다. 서로의 이익을 얻기 위해서 합이 맞아야 한다는 이야기였다.

―저는 귀국을 하는 길에 동북을 지나가며 자세한 정

황을 알아본 뒤 귀국하여 남송으로 제가 움직이는 선단을 통해 정보를 알려 드리겠습니다. 아마 넉넉잡아 두 달 정도면 서찰이 임안에 다다라 주희 공의 손에 들어갈 수 있게 할 것입니다. 자세한 내용은 그때 적어 보내도록 하지요. 시기가 늦어지지 않는다면 고려 내부에서 지금의 금 황제와 연결하여 일을 공모하고자 하는 세력들을 정리하고 지금의 금 황제를 지원하는 것을 막은 다음, 반대로 반정을 일으키고자 하는 이들을 지원하는 방도를 생각해 볼 수 있습니다.

정민이 제안할 수 있는 것은 그 정도였다.

아마 특별한 일이 생기지 않는다면, 돌아가는 길에 완안량을 통해 언제쯤 거병을 하려 한다는 것과 준비 상태를 알아볼 수 있을 것이고, 그것을 귀국하여 남송으로 가는 자신의 상단 선편을 통해 주희에게 보낼 수 있었다.

다만 고려가 완안량을 지원하여 간접적으로 송나라 및 서하에게 이득을 보게 하는 것은 보다 복잡한 문제가 해결되어야만 했다.

최포칭으로 의심되는 지금 국왕을 둘러싸고 있는 세력들을 정치적 사건을 만들어 몰아내고 정 씨 일가의 입지를 더욱 확대한 다음에, 국왕을 설득하여 완안량을 돕게 해야 하는 것이었다.

이것이 성공할 수 있을지는 장담할 수는 없는 노릇이었다.

그러나 그 자리에 앉은 세 명 모두 장밋빛 청사진만을 그리고 있지는 않았다.

다만 다들 혹여 각각의 전략에 있어서 구멍이 조금씩 발생하더라도 결론적으로는 금나라의 내부 문제를 이용하여 자기 이익을 챙길 수 있는 방법이 있다는 사실을 깨닫고 있었다.

어차피 무조건 이행할 것을 확답할 수 없는 약속들이었지만, 그것만으로도 금나라를 비롯하여 금을 둘러싼 삼국의 내정과 상황에 대해 서로가 공유할 수 있었고, 금나라에 의해 막혀서 서로 간의 외교가 거의 이루어지지 못하고 있던 이들이 고려할 수 있는 패가 서로 더 늘어났다고 할 것이다.

─금 황제에게 일시적 승리는 있을지언정, 영원한 승리는 절대 없을 것입니다.

정민은 붓을 들어서 꼿꼿한 글씨로 적어 내려갔다. 그가 쓴 글을 보고서 야리웅과 주희는 의미심장한 표정으로 고개를 끄덕였다.

세 명은 간단히 손을 잡고 오늘 약조한 일을 각자의 고국으로 돌아가 최대한 실현할 수 있도록 노력하겠다고 다시 한 번 약속하고서 헤어졌다.

정민은 그들이 나가고, 동이 트는 것을 확인하자 바로 여관을 떠서 말을 타고 중모성의 북문을 나섰다.

어제는 그리도 몰아치던 황사가 이제는 완전히 잦아들어서, 아침 날씨가 매우 좋았다.

접선을 위해 썼던 붉은 명주를 길가에 선 나무에 매어 놓고서, 정민은 말에 박차를 가했다.

최유청과 약속한 곳에서 합류하여 귀국로에 오르기 위해서는 서둘러야만 했다. 가는 동안 따라잡을 수 있다면 더욱 좋을 일이었다.

정민과 야리웅, 주희 등이 가뿐한 마음으로 각기 갈 길로 찢어진 그 새벽에 그 여관에서 나오는 사람이 또 하나 있었다.

그리고 늘씬하지만 남자라기보다는 여자의 체형을 하고 있는 그 사람은 변복과 두건을 하고서 말을 달려 북쪽으로 달리기 시작했다.

❀　❀　❀

　정서와 김돈중은 서경에서 개경으로 들어오는 길목에
사람을 보내어 밤낮으로 살피도록 하고 있었다.

　그들은 최포칭이 무슨 이유에서인지 남쪽으로 여행을
떠났다는 사실을 알고서, 최포칭이 입경하기 전에 개경
으로 김순부를 압송하는 것을 성공시키는 데에 전력을
다하고 있었다.

　사실상 국경을 통과해서 길을 내려오는 동안에 김순
부가 잡혀 오고 있다는 사실을 은폐하는 것은 어려웠으
며, 어떻게든 최포칭 일파의 귀에 들어갔을 것이라는
판단이었다.

　실제로 서경을 나와서 김순부를 호위해 오는 정서의
사병들이 정체를 알 수 없는 자들에게 임도(林道, 숲길)
에서 공격을 받았다는 것이 전해진 뒤로는 아예 김돈중
의 사병들까지 동원하여 이들을 호송하기 위해 개경을
떠났다.

　그렇게 마음을 졸이며 기다리고 있는 와중에 성문을
지키고 있던 이들로부터 김순부를 호송하는 사람들이

개경에 도달하였다는 이야기를 들은 정서는 그 자리에서 벌떡 일어나 무릎을 쳤다.

"이제 되었다!"

아직까지 최포칭이 개경에 돌아오지 못했다는 것은 확실했다.

아마도 거리가 있으니 소식이 전달되어 알게 되자마자 출발하였다 하더라도 기일을 맞추는 것이 가능하지 않을 것이었다.

우두머리인 최포칭이 개경에서 자리를 비운 동안 일을 정리해야만 했다. 기습적으로 김순부의 죄를 밝히고 임금에게 고해서 최포칭의 입경을 막고 우왕좌왕하는 내부 동조 세력을 재빠르게 정리해야만 했다.

'지금부터는 일각이 여삼추다.'

정서는 각오를 단단히 하고, 도포를 입은 다음 김순부를 일단은 김돈중의 자택으로 끌고 가게 했다. 그 뒤에 김돈중과 함께 마주 앉아서 김순부에게 원하는 증거를 토해 내게 할 방법을 궁리했다.

"지금 우리가 오래 김순부를 사사로이 붙잡고 있을수록 임금의 심기를 거스르게 되고 명분이 약해집니다. 빨리 설득해야 합니다."

"예전에 말 했던 대로 가족의 안전을 보장하고 사실 관계만 증언해 준다면 가급적 편하게 목숨을 잃게 해 주게 한다고 하는 수밖에요."

정서의 말에 김돈중이 동의를 표시했다. 둘은 김돈중 자택의 뒷마당에 무릎을 꿇린 채로 앉혀져 있는 김순부 에게 다가가 고개를 잡아 들고서 말했다.

김순부는 모든 것을 포기한 듯 덤덤한 표정이었다. 요양에서의 투옥과 개경까지의 고생스러웠던 압송으로 인하여 그는 피골이 상접해 있었다.

그러나 그 번쩍이는 안광만큼은 잃지 않은 것에 정서 는 내심 감탄했다.

'보통 기골(氣骨)은 아니니 이런 일을 벌였겠으나……'

정서는 목소리를 가다듬고서, 김순부의 눈앞으로 얼 굴을 가져가 저음으로 윽박질렀다.

"이보시게, 김순부. 우리가 그대가 국서를 위조하여 금 황제로 하여금 국내의 반역에 힘을 보태게 하려 했 다는 사실을 모두 알고 있네."

"……"

김순부는 대답을 하지 않았다. 정서는 개의치 않고 말을 이었다.

"아는 사실 그대로 증언하게. 대신 우리가 자네 식솔이 노비로 전락하여 뿔뿔이 흩어지고, 친족이 등과할 길이 끊기며, 집안이 모조리 패가망신하는 것만은 막아 주도록 하겠네."

"일이 이렇게 될 가능성은 거의 없었소."

김순부가 바짝 마른입을 겨우 열었다. 정서와 김돈중은 그가 무어라 이야기 하는지 더 기다려 보았다.

"이미 다 알고 있는 듯하나, 국내의 반역이라? 반역은 그대들이 공모하고 있는 것이 아니오?"

"무슨 허튼소리를. 최포칭, 정자가, 이 두 이름에 뭐가 더 필요한가? 반역이 아니라면 도대체 무슨 이유로 국서를 위조한단 말인가? 아니, 임금의 명을 위조한 자체가 반역 아닌가?"

"정말 위조라고 생각하시오?"

김순부의 말에 정서와 김돈중은 그저 실소를 흘릴 뿐이었다.

애초에 이게 임금이 사주한 일이라면 더욱 좋은 일이었다.

임금은 공공연하게 이를 인정할 수 없을뿐더러, 결국에는 임금 자신의 정치적 명분을 챙기기 위해서라도 최포칭과 김순부를 잘라 내야 할 수밖에 없었다.

오히려 김순부가 최포칭과 자신의 관련을 정서와 김돈중이 증명하지 못했다는 사실을 모르고 오히려 임금을 걸고넘어진 것이 이들에게는 잘된 일이었다.

"그것은 국문장에 끌고 가 보면 알 일이고. 더군다나 아는지는 모르겠지만 최포칭은 지금 남쪽에서 뜬금없이 유람을 하고 있네. 우리는 이것이 그가 남방에서 반란 세력을 규합하려는 목적이라고 파악하고 있네."

허풍이었지만 김순부는 이에 질색했다.

"무슨 말도 안 되는 소리를 하시오? 최 공이 바라는 것은 어디까지나 나라를 좀먹는 이리떼들을 치우고 폐하를 받드는 것일 뿐인데…… 병력을 모은다? 정말 최 공과 내가 반역도당이라 생각하시오? 정서, 그대야말로 친족을 도륙한 사실을 정자가를 통해 확인하였소. 그 증좌가 지금 최포칭 공의 손에 있소이다. 그게 풀리면 폐하의 어전에서 뭐라 변명하실 것이오?"

정서와 김돈중은 서로 잠시 마주 보고 고개를 끄덕였다. 그 유골이 도리어 최포칭과 정자가, 그리고 김순부의 연결 관계를 증명해 줄 것이라고 확신했기 때문이다.

혹여나 허튼소리를 할까 싶어 정자가는 압송하지 않고 요양에 계속 억류시키도록 하였으니, 유골에 대해서는 그저 정자가가 정서와 정민을 모함하고자 야산에 묻힌 무연고 무덤을 도굴해서 만든 것으로 추정된다고 우기면 될 일이었다.

그런 것 보다 중요한 것은 바로 국서의 위조 사건인 것이다.

정서는 옆에서 노복이 비단보에 쌓인 화려한 문서 하나를 건네는 것을 손에 받은 다음, 김순부의 앞에 들이밀며 말했다.

"이게 무엇인지 아시는가? 금 황제가 정자가에게 내린 밀지(密旨)일세. 요양에서 친절하게 이것을 함께 보내 주었네. 국서를 잘 보았으며 뜻하는 대로 하라는 내용이 담겨 있더군."

김순부가 눈을 감고 저도 모르게 한숨을 뱉어 냈다. 정서는 틈을 주지 않고 김순부를 압박해 들어갔다.

"우리는 이제 그대를 국문장으로 끌고 갈 것이네. 벌써 폐하께 그대가 반역 혐의가 있으며 이러한 내용으로 압송되어 왔다는 사실을 알리는 파발이 궐로 출발하였네. 어찌하겠는가?"

"내가 일전 묘청 일당의 난을 진압하는 데에 임하였을 때, 온갖 도륙 난 백성의 피와 뼈를 보고서 파벌 짓고 대립하며 국사를 어지럽히는 것을 막고 안정된 조정을 만드는 것을 일생의 신념으로 삼아 왔소. 그리고 당신들은 국사를 어지럽히는 파리들이라고 보았고, 지금도 그러지 않소이까? 폐하께는 알리지도 않고 나를 사사로이 이리로 잡아들여 심문하고, 개경까지 다 잡아온 뒤에서야 폐하께 이를 알린다? 그런데도 이 모든 것이 폐하를 위해서라고 지금 말씀하시겠소?"

"그렇네. 모든 것이 우리 금상폐하를 위해서라 하겠네."

김돈중이 뼈 있는 말을 던졌다. 김순부는 어쩔 수 없다는 듯이 고개를 저었다.

그는 이제 자신이 선택할 수 있는 것이 많이 남지 않았다는 사실을 알았다. 어차피 자신이 입을 다물든 열든 최포칭은 자신을 버릴 것이라는 것은 누구보다 잘 알고 있었다.

이 상황에서 최포칭은 자신의 가솔의 안위를 장담해 줄 수 없다.

이미 판이 정서와 김돈중에게 유리하게 넘어갔다는

것은 쉽게 깨달을 수 있는 일이다.

"좋소. 목을 매달지 말고 참수로 깨끗하게 한 번에 죽여 주시오. 반드시 도성 제일의 망나니여야 할 것이오. 단칼에 보낼 수 있어야 하오. 그리고 가솔의 안위를 보장할 것은 믿고 있겠소. 특히 내 장남(長男)을 일단 출가시켜 주시오. 그 아이가 출가한 것을 확인한 후에는 내 입을 열겠소."

김순부가 어리석은 자는 아니었다. 자신의 목숨이 이미 달아난 뒤에 정서와 김돈중이 약속을 지키지 않아도 어디에 따져 물을 수는 없었다.

그래도 장남이 출가한다면 그 와중에서도 화는 피할 수 있을 것이고, 나중에 세상이 두 번이고 세 번이고 바뀌면 다시 속세로 돌아와 대라도 이을 수 있을 것이다.

지금으로서는 김순부에게는 그 정도의 안전장치와 확인은 필요했다.

"그리하겠네. 장남에게 편지를 쓰고 인장을 찍으시게. 다만 내용은 확인하겠네. 그리고 장남을 바로 도성 안의 절 가운데 하나에 출가시키고 그 깎은 머리카락과 주지가 확인해 주는 내용을 받아 주겠네."

김순부는 굳은 표정으로 그 제안을 받아들였다. 김돈중이 손짓해서 사병들로 하여금 그를 포박하여 마루에 앉히게 한 다음, 손 한쪽을 풀어 종이에 아들로 하여금 출가하여 몸을 지키길 권하는 내용을 쓸 수 있도록 해 주었다.

요양에서 잡혔을 때 빼앗겼던 인장도 다시 그의 손에 주어졌다.

그는 부들부들 떨리는 손으로 그 편지에 인장을 찍고, 자신이 쓴 것임을 다시 한 번 증명할 수 있도록 자신의 반지 하나도 함께 놓았다.

"끌고 가라."

모든 것이 마무리 되자 김돈중이 병졸들에게 손짓했다. 다시 한 번 개경에 정치적 소동의 먹구름이 드리우려 하고 있었다.

1161년 음력 1월 15일. 금나라 대명부(大名府).

최유청은 기약한 날 새벽까지도 정민이 이곳에 도착하지 않자 속이 타 들어가기 시작하고 있었다.

오늘 오후에는 더 이상 와병을 핑계를 댈 수도 없고, 영제거에 띄운 배에 올라서 북쪽으로 향해야만 했다. 그럼에도 불구하고 대명부 성문에 정민이 들어섰다는 소식이 없으니 애가 탈 수밖에 없는 노릇이었다.

오늘 배가 뜰 때까지도 정민이 도달하지 못한다면, 상상할 수 있는 가장 좋은 소식이라 봐야 그저 길을 찾지 못해 헤매다가 때에 늦은 것이오, 나쁘다면 금나라 황제가 풀어놓은 병졸들에게 발각이 되어 크게 고초를 치르고 있는 것일 터이다.

후자라면 요양까지 가기도 전에 금나라 황제가 추포(追捕)하라 보낸 병력에 의해 최유청을 비롯한 고려 사신단 전체가 잡혀 가는 수도 있었다. 최유청은 만에 하나라도 그런 경우는 없기를 바랐다.

만약 그렇게 된다면 최유청은 정민이 독단적으로 한 일이고 그 이유에 관해서는 아는 바가 없다고 꼬리를 자르고 버티는 수밖에 없었다. 그간의 정리 때문에서라도 최유청은 정말로 그런 상황에 처하고 싶지는 않았다.

"예빈경 나으리. 이제 슬슬 배에 오르셔야 할 때입니다."

최유청이 누워 있는 채로 최대한 지연을 시켜 보려 하고 있자, 아니나 다를까 재촉이 들어오기 시작했다. 결국은 정오쯤 되어서 몸을 일으킬 수밖에 없었다.

한숨을 내쉬며 억지로 일어나 마당으로 나오니 복장이 더러운 수행원 몇몇이 서 있었다.

정신이 어질하여 그들에게는 시선을 줄 생각도 하지 않고 지나치려던 찰나, 무언가 익숙한 형체가 눈에 들어왔다 나간 것을 인지하고서 최유청은 고개를 홱 하고 돌렸다.

"그간 강녕하셨습니까?"

"정민이, 너!"

최유청은 노복의 복장을 하고 있는 자들 가운데 하나가 정민이라는 사실을 확인하고서는 저도 모르게 기쁨에 겨워 정민을 얼싸안았다.

"언제 도착한 것이냐?"

"새벽 중에 대명부 성문이 열리자마자 사람들 사이에 섞여 들어왔습니다."

"말은 어찌하고?"

"오다가 지쳐 나가떨어지기에 마을에서 음식과 노잣돈 조금이랑 바꿔 먹고 왔지요."

정민의 말에 최유청이 껄껄 웃는다.

그는 다시 한 번 정민의 얼굴을 보고, 그간 걱정했던 시름이 한 번에 쏙 내려가는 것을 느꼈다. 다행히 고려 사절단이 대명부를 떠나기 전에 정민이 도착했던 것이다.

그러나 내심 조금 불안함이 남아 물어보지 않을 수 없는 이야기가 있기는 했다.

최유청은 조심스럽게 정민을 얼싸안은 채로 귓가에다가 속삭여 물었다.

"그래서, 이야기는 잘되었느냐? 자세한 내용이야 네가 알려 줄 때까지 기다릴 수밖에 없다마는."

정민은 최유청의 말에 그가 충분히 인식할 수 있을 만큼으로 살짝 고개를 끄덕였다.

"잘되었다, 잘되었어."

최유청은 누구에게 하는 말인지 모르게 중얼거리고서는 정민을 놓아 주었다.

"이제 그만 배에 오를 준비를 하도록 해라, 옷도 그만 갈아입고. 시간이 없으니 몸을 씻는 것은 일단 얼굴만 간단히 해 두어야겠다."

"알겠습니다."

정민은 수행원이 준비해 놓은 세숫물에다가 얼굴을 간단히 씻고서는, 옷을 관복으로 다시 갈아입고 마치 쭉 사절단과 동행해 왔던 것처럼 자연스럽게 다시 녹아들었다.

고려 사절단이 벌써 대명부에서 머무른 것도 나흘째라, 이제는 더 이상 출발을 미룰 방법이 없었다. 때문에 이미 오늘 해가 떠 있는 동안은 출발을 할 수 있도록 준비가 마쳐진 상태였다.

정민은 속으로 대명부에 닿은 것이 아슬아슬했다고 생각했다. 사실 웃으면서 최유청에게 대답했지만, 말을 쉴 없이 채근해 오느라 고삐를 잡았던 손은 다 부르터 있었다. 안장 위로 펼쳐 놓았던 다리는 근육통이 심했다.

골반도 삐걱거리는 느낌이었고, 말을 팔아넘긴 뒤로는 뛰다 걷다 하느라 발목이 심하게 욱신거렸다. 그래도 이제부터는 당분간 배를 타고 편하게 올라갈 수 있으니 그동안 몸을 잘 쉬게 하면 괜찮아질 터였다.

'여기도 이제 슬슬 분위기가 좋지 않아지는구나.'

내려가는 동안은 체감하지 못했으나, 정민은 북쪽으로 다시 올라오면서 눈에 보이지 않던 사실들을 점차 세세하게 보기 시작했다.

여전히 물자의 교역이 활발하고, 읍성마다는 사람들이 바쁘게 움직이며, 의복이나 식량의 측면에서 그다지 굶주려 보이지 않기는 했다.

그러나 며칠 사이에도 시장에 나와 있는 사치품들이 팔리지 않기 시작하고, 먹거리가 줄어들고 있으며, 젊은 남정(男丁)들의 수가 확연히 눈에 덜 띄고 있다는 것이 확실해 보였다.

병력을 징발하기 위한 관리들이 여기저기 돌아다니는 모습도 부쩍 많이 보이기 시작했고, 수레를 끌던 말과 소들도 어디로 사라진 채 그저 수레만 덩그러니 놓여 있는 경우도 많았다.

대명부(大名府, 現 허베이성 한단시 다밍현) 또한 한때 북송(北宋)의 배도(陪都)로서 영광을 누리던 큰 고을로, 지금도 중도에서 남경 개봉부로 이어지는 영제거가 지나가는 길목으로서 사람과 물자가 크게 모여드는 땅이었다.

그러나 이곳에서 마저도 젊은 남자가 보이지 않고, 거리에 서 있는 가게들의 숫자에 비해 물건이 부족했다.

영제거를 오고 가던 배들도 오로지 남쪽으로 곡량을 실은 포대만 나르고 있는 것을 보니 확실히 분위기가 심상치 않아 보였다.

대명부 북송 때는 하삭중진(河朔重鎭)이라 불리며 하북동로의 수부(首府, 으뜸 고을)이자 가장 큰 성읍으로서 번창하였다.

요나라에 대한 항전을 위한 큰 요새이기도 했었으나, 금나라 점령후 전략적 의미를 상당히 잃은 것은 사실이었다.

그러나 그럼에도 불구하고 이러한 분위기의 경색은 분명히 단순한 고을의 쇠퇴를 의미하는 것이 아니라 전쟁을 위한 징발로 인하여 자연스럽게 이루어진 것이 분명했다.

'군대도 남쪽으로 움직이고 있고 말이야.'

대명부로 들어오는 길에도 멀찍이서 하북의 각 고을로부터 징병된 장정들이 허술한 갑주를 걸치고는 도살장에 끌려가는 소처럼 기운 없이 행군하고 있는 것을 보았다.

금 황제가 남송에 두리뭉실하게 전쟁은 하지 않을 것처럼 말을 한 것과 다르게, 채 몇 달 지나지 않아 침략이 일어날 것은 분명해 보였다.

더 이상 남송 사절단을 불러다 놓고 위압을 할 이유
가 없음에도 불구하고, 황제는 여전히 남경 개봉부를
떠나지 않고 있거니와 군대와 물자도 계속해서 남쪽으
로 보내지고 있는 것이었다.

'결국 전란을 피할 방법이 없게 되었구나. 그러나 비
록 금나라에는 재앙이 될 것이라고 하나, 우리에게는
전화위복이 될 싸움이다.'

정민은 배에 올라 운하를 따라 늘어선 대명부의 성벽
과 더덕더덕 붙어 있는 저자와 가옥들을 바라보며 그렇
게 생각했다.

언젠가는 평화와 번영이 다시 이곳에 찾아올지도 모
르겠으나, 지금은 전란이 임박하여 먹구름만 드리울
뿐, 희망이나 생기는 점차 시들고 있었다.

"지금 금나라에 있어야 할 김순부가 왜 지금 궐전에
끌려와서 죄를 받기를 청하고 있단 말이냐!"

고려의 임금, 왕현은 갑작스러운 소식에 깜짝 놀라

벌떡 자리에서 일어나 고함을 질렀다.

그의 시중을 드는 궁녀들과 환관들이 모두 망극하여 차마 고개를 들지 못하고 잘 모르겠다는 말만 주억거릴 뿐이었다.

"그리고 정서와 김돈중이 김순부를 왜 사사로이 잡아 온단 말이냐? 나머지 사절단은 귀국도 하지 않았는데? 최포칭은 어디에 있느냐!"

임금은 분을 조절하지 못하고 화를 내고만 있었다. 그는 지금 자신이 모르게 무슨 심각한 일이 신하들 사이에서 진행되어 자신은 이제야 알게 되었다는 사실 자체가 불쾌한 모양이었다.

"우승선(右承宣)은 지금 경상진주도 방면으로 유람을 가 있나이다."

"뭣이라?"

임금은 옆에서 절절 매며 대답하는 환관 백선연의 말에 순간 기가 빠져서 화를 내는 것도 그만두고 말았다.

잠시 몸이 좋지 않아 등청을 하지 못한다고 우승선 최포칭이 청하였을 때 그냥 들어주고 깊게 생각지 않았는데, 이제 정서와 김돈중 등등이 함부로 움직이는 것을 막아 세울 사람이 도성에 들어오지 못하게 된 것이었다.

임금은 사실 최포칭이 무엇을 뒤에서 모략했는지는
알 도리가 없었다.

다만 정민과 최유청 등등을 사절단에 참여시켜 금나
라로 보내면 그사이에 정서와 김돈중 등의 세력을 임금
의 입맛에 맞게 약화시켜 주겠다는 것이 최포칭의 올린
제안이었다.

임금 입장에서야 그다지 거절할 이유가 없는 제안이
었다.

일이 이렇게 된 것을 보니 중간에서 무슨 사달이 나
고야만 것은 확실했고, 임금으로서도 궐에 틀어박혀 아
무것도 하고 있지 않을 수는 없는 상황이 되어 버린 것
이다.

'최포칭 이놈. 도대체 무슨 일을 벌인 것이냐?'

임금은 이를 바득바득 갈면서 황룡포(黃龍袍)를 갖춰
입고, 견룡군 중랑장 이의민을 불러들였다. 혹여 모를
위해에 대비하기 위해서였다.

임금의 황명을 받잡은 이의민은 군도와 갑주를 모두
갖춰 입고 견룡군 병졸 30여 명을 대동하여 선인전(宣
仁殿) 섬돌 아래에 엎드렸다.

"중랑장 이의민 대령하였나이다, 폐하."

"왔느냐? 어서 나를 호위하여 형부옥(刑部獄)으로 가도록 하자."

황제의 말에 이의민이 묵직하게 군례를 올리고서 병졸들을 지휘하여 움직이기 시작했다.

이제 막 봄으로 접어든지라 날씨는 쌀쌀하게 맑았는데, 임금은 무슨 이유에서인지 일산(日傘)까지 머리 위로 드리우게 하고서 조급한 거둥을 옮겼다.

그러나 궁의 동정문인 광화문을 나서기도 전에 이미 그 문 앞에 꿇어 앉혀져 있는 김순부의 모습이 황제의 눈에 들어왔다.

황제는 굳은 핏자국이 온몸에 남아 있는 채로 생기 없이 주저앉혀진 김순부를 보고서 저도 모르게 신음을 삼켰다.

"폐하, 대역죄인 김순부를 압송하여 대령하였나이다."

황제가 김순부를 보고서 탄식을 하자, 김돈중이 임금의 앞으로 나아가며 말했다.

그는 얼굴에 모든 표정을 지우고서, 아주 담담한 어조로 마치 원래 임금이 시킨 일이기라도 했다는 듯이 행동했다.

임금은 그에게 노여움을 돌릴 겨를도 없이 저도 모르게 살짝 뒷걸음질 쳤다. 김돈중의 기세등등함에 저도 모르게 놀랐던 것이다.

그러나 임금은 그렇게 쉽게 권좌를 지켜 온 사람이 아니었다.

이내 안색을 고치고서는 마치 실수를 한 적이 없다는 듯이 김돈중에게 되묻는다.

"예부상서가 언제부터 형부상서를 겸직하셨소?"

나설 일도 아닌 일에 무슨 권한으로 김순부를 반역 죄인으로 잡아 바쳤냐는 이야기였다. 그러나 김순부는 흔들림 없이 임금에게 읍소한다.

"지금 형부상서의 자리를 보름이 넘게 비워 두고 계시지 않으셨습니까? 형부의 관리들로부터 폐하께 고해 달라는 부탁을 받고 이리 미련한 몸을 내세워 앞으로 나아왔나이다. 불민함을 통촉해 주시옵소서."

임금은 김돈중의 말을 듣고 아차 싶었다. 기존의 형부상서 자리를 잠시 비워 두었다가 최포칭에게 힘을 실어 주기 위해 김순부가 돌아오면 그 자리에 앉히려고 했었다.

그런데 그 일이 이렇게 되돌아오게 될 것이라고는 생각지 못했다. 임금이 무어라 하문을 내리기도 전에, 이번에는 정서가 틈을 주지 않고 나서서 무언가를 바쳐 올렸다.

임금이 살짝 떨리는 손으로 받아들여 펼쳐 보니, 국서(國書)가 위조된 증좌였다.

금나라 황제의 어보가 선명하게 찍혀 있었다. 바로 요양성에서 갈왕 완안웅을 견제하고 임금의 명을 받아 집행하던 고준복이 황제로부터 받은 밀서를 완안웅이 압수한 것이었다.

최포칭이 위조하여 보낸 고려 임금의 밀지는 요양에서 정자가 붙들렸을 때 완안웅 일파의 손에 확보되었으나, 그들이 황제의 의중을 떠보기 위해 그것을 그대로 자기 사람에게 들려 보내 전했기에 확보할 수는 없었다.

그러나 완안웅은 김순부를 보내면서 한 가지 선물을 해 주었는데, 미리 베껴 두었던 그 밀지를 바탕으로 위조본을 만들어 정서에게 보냈던 것이다. 정서는 이것 또한 함께 임금에게 내밀었다.

"……."

위조된 국서와 금나라 황제가 내린 밀지를 보자 임금의 안색이 파랗게 굳었다.

그는 저도 모르게 입술을 파르르 떨었다. 정서와 김돈중으로서는 임금이 몰래 지시한 일이 탄로 나서 그런 반응을 보이는 것인지, 아니면 최포칭이 벌인 일이 불쾌하여 저러는 것인지 알 수 없었다.

사실 임금의 심정은 그보다 복잡했다. 최포칭이 자기 이름을 참칭하여 일을 벌인 것에는 분노가 들면서도, 이 일이 밝혀지지 않았더라면 좋았을 것이라는 마음이 동시에 들었던 것이다.

"폐하, 엄연한 대역죄이옵니다. 마땅히 극형으로 다스려야 할 줄 아오나, 김순부는 그저 최포칭의 편을 들어 금나라에 사절로 입경하게 되거든 뒷일을 수습하려 했던 것에 불과하니 참수형으로 처결하시고, 지금 도성 안에 없는 최포칭을 사람을 보내 잡아들여 추국(推鞫, 중죄인을 심문함)하고 사지를 찢어 임금의 이름을 참함이 얼마나 대역무도한 일인지를 온 천하가 알게 하소서."

임금이 무어라 차마 입을 열지 못하고 있자, 정서가 엎드려서 머리를 찧으며 조아렸다. 임금은 그 순간 정서의 입을 꿰매 버리고 싶은 기분이 들었으나, 상황 자체가 지금 어떻게 할 수가 없음을 알았다.

어찌 알았는지 백관(百官)들이 황급히 조복을 갖추어 입고 광화문 앞으로 달려오고 있는 것이 임금의 눈에 훤히 보였다.

이들은 뒤늦게 입궐하여 이 상황을 전해 듣고서는 서로 아연실색하여 눈치를 보기에 바빴다.

임금은 자신이 김돈중과 정서가 짜 놓은 무대에 오른 광대가 되었다는 사실을 깨달았다. 엄연한 증거가 있고 최포칭도 개경 안에 없는 상황에서 김순부를 감싸고돈다면, 그것은 임금이 무고한 신하들을 처치하기 위해 금나라 황제에게 조력을 받고자 밀서를 보냈다고 인증하는 셈이 된다.

반대로, 지금 바로 김순부를 쳐 내고 최포칭을 대역죄인으로 몰아간다면 임금은 어렵게 힘을 실어 주기 시작한 날개 하나를 끊어 내는 셈이 된다.

왕권을 앞세워 신료들의 신뢰가 완전히 무너질 것을 무릅쓰고 최포칭과 김순부를 지켜 줄 것인가, 아니면 당분간 운신의 폭이 아주 좁아지더라도 일단은 다 키워 놓은 세력을 도려 내야 하느냐가 문제였다.

"일단 김순부를 형부옥에 가두어 두고, 사방에 최포칭을 수배하는 명을 내리니 형부의 관리들과 오군(五軍)의 병졸들은 흩어져서 최포칭을 잡아 오라."

임금은 고민 끝에 그렇게 말하고서 넙죽 엎드린 관리들을 뒤에 남겨 두고 황급히 몸을 돌려 버렸다. 명을 받잡으며 엎드려 있는 정서와 김돈중의 얼굴에 살짝 미소가 스쳐 지나갔음은 말할 것도 없다.

"훗……."

중랑장 이의민은 임금의 뒤를 호종하여 다시 돌아가면서 저도 모르게 헛웃음이 나왔다.

그의 머릿속에 자신이 아무래도 줄을 잘 섰다는 했다는 생각이 스쳐 지나갔던 것이다.

그는 그러나 전혀 그런 티를 내지 않고 일부러 더 표정을 굳힌 채로 엄한 병졸들을 채근하며 임금의 뒤를 호종하여 다시 선인전으로 돌아갔다.

밤이 깊었다. 영제거를 북쪽으로 거슬러 올라 중도로 가는 배들은 해가 저문 뒤에도 쉬지 않고 뱃길을 나아가고 있었다.

사절단들은 각기 남경 개봉부로 갈 때처럼 여러 배에 나누어 타고, 술을 마시고 시를 짓고 하면서 귀국의 기쁨을 만끽했다. 그만큼 보통 사행길이 아니긴 했었다.

요양에서부터 예기치 않은 사건에 휘말린 것도 있거니와, 남경 개봉부까지 가게 되었을 때는 황제의 손에 의해 무슨 죗값을 치르지 않을까 전전긍긍하기도 했던 것이다.

다행히 각기 싸 들고 온 교역품도 팔아 치우고, 여러 가지 물품들을 사들여서 고국으로 돌아가게 되었으니, 사절단 수행원들의 표정은 밝을 수밖에 없었다.

최유청도 대명부에서 배에 오른 뒤부터는 그저 희희낙락이었다.

그는 원하지 않는 사절단의 정사인 예빈경의 자리를 맡아서 그간 시름이 이만저만 아니었다.

금나라에 입국해서부터는 하루하루가 마음을 졸이며 얼음판 위를 걷는 기분이었으니 그만큼 긴장이 풀어졌을 때의 안락함이 온갖 도락에 비할 바가 아니었다.

그러나 정민은 그렇게 마음이 편치만은 않았다.

물론 큰 사고 없이 돌아가게 된 것은 정말로 다행이

었다.

목숨을 살려서 사람답게 살고자 정서의 양자로 들어가고 관직까지 나가기로 결심했던 그였다. 하지만 그것이 오히려 올가미가 되어 자기 목을 죄게 될 줄은 몰랐던 것이다.

용케도 이리저리 잘 피해서 목숨을 유지한 것은 물론이거니와, 돌아가서 정적들을 몰아낼 패도 손에 쥐었다고 생각하니 조금은 마음이 놓이는 것도 사실이었다.

그러나 거기까지였다. 정략이 언제나 꾸며지고, 누구를 노릴지 모르는 정치판이었다.

임금의 의중 모를 심기에 따라서 누군가의 목이 날아가기 일쑤였고, 서로 자기에게 해가 된다고 판단하는 사람을 제거하기 위해 심혈을 기울이며 수를 읽고 계략을 세우는 판이었다.

정민은 자신이 그동안 안일했음을 반성하지 않을 수 없었다. 그리고 솔직한 마음으로 불안하기도 했다.

지금 개경에서 과연 어떤 일이 진행되고 있는지 알 도리가 없는 정민으로서는 최포칭이 무슨 흉계를 꾸미고 있을지, 과연 임금의 속마음은 무엇인지, 정서는 안전한지, 모든 것이 불안하고 궁금했다.

그러나 고려에 돌아가기 전에는 알 수 없는 일들이었다.

그리고 혹여 원하는 대로 일이 풀려 있다고 하더라도, 그것은 끝이 아니라 시작에 불과했다.

이제는 다시 고려의 임금과 조정을 움직여 금나라에서 벌어질 일들을 고려에게 유리한 방향으로 전개시켜야만 했다.

'고려에 떨어지기 전에는 그렇게 하루하루 걱정이 많지 않았는데…… 일어나면 커피 한 잔 마시고, 학교에 가서 수업 듣고, 사람들이랑 시시덕거리고……. 여기서는 어떻게 된 게 하루하루 칼이나 겨누고 적들을 족치고, 돈을 모으는 이런 일들뿐이니.'

그만큼 살벌한 세상이었다. 고려뿐만 아니라 이 시대는 온 세상 어딜 가도 계급 사회였다.

낮은 계급에서는 자기 몸을 자기 뜻대로 지키기가 어렵고, 높은 계급에서는 정치적 위험에 늘 노출되어 있어야 했다.

평안을 구가하기가 그만큼 어려운 세상인 것이다. 더군다나 자신처럼 갑자기 튀어나온 모난 돌은 정 맞기 딱 좋은 것이다.

'태연하게 굴려고 해도 잠자리가 편안하지 않은 것은 사실이니…….'

아직은 초봄이라 날씨가 차가운 탓에 정민은 선실로 들어와 술을 한잔 걸친 다음에 조금이라도 편안하게 옷 섶을 풀어헤치고 명주 이불이 놓인 자리에 누웠다.

정민은 이만한 개인 선실이 여러 개 있는 배가 오갈 수 있을 정도니 운하의 폭이 참 넓기도 하다고 생각을 했다.

눕고 보니 선실에 비치는 것은 조그만 창으로 들어오는 달빛이 전부였고, 고요한 정적만이 감돌았다.

정민은 약간 술기운에 알딸딸한 채로 억지로 잠을 청하려고 애를 썼다. 그렇게 잠시 잠이 살짝 들었다 깼다, 오고 가며 뒤척이는 사이 목덜미에 닿은 서늘한 기운에 정민은 저도 모르게 화들짝 정신이 들었다.

오른쪽 목에 닿은 차가운 것이 날붙이임에 분명했다.

"쉿."

목에 여전히 칼이 붙은 채로 그의 입을 누군가의 손이 눌렀다.

목소리와 손의 크기가 여자인 것 같다고 생각을 하면서 정민은 일단은 장단에 맞추어 주었다. 혹여 이자가 지금 동맥이 지나가는 곳을 그어 버리면 정민은 스스로의 목숨을 구할 방법이 없었다.

"誰者(취챠이, 누구냐)?"

송나라에서 쓰이는 중세 중국어도 어렵거니와 금나라 각처에서 쓰이는 이 시대 방언도 발음이 제각각이었다.

금나라 사행 길에 몇 마디 익힌 발음으로 물어보는 수밖에 없었다. 대충은 알아들었는지 귓가에 목소리가 들려왔다.

"조용해."

그나마 적잖이 알아들을 수 있게 된 여진어로 말해 와서 정민은 조금 안심이 되었다. 적어도 팔다리 휘둘러 가며, 혹은 필담을 해 가며 의사를 전달해야 하는 최악의 상황은 아니었던 것이다.

여전히 목에 닿아 있는 칼날의 차가움에 식은땀을 흘리면서도 정민은 최대한 이성을 유지하려고 노력했다. 냉정하게 지금 상황을 파악해야만 최상의 결정을 내릴 수 있었다.

"나를 몰래 죽이러 온 것이 아니라면 무언가 할 말이 있어서 이러는 것 아닌가?"

"금 황제를 시해하려 모략했지?"

정민은 순간 흠칫했다가 움찔거리는 바람에 목에 칼날이 닿아 살짝 선혈이 흘러나왔다.

그를 협박하고 있는 여인은 화가 난 듯 칼날을 턱 바로 아래에 들이대면서 씨근덕거렸다.

"내가 분명히 가만히 있으라고 했을 텐데? 너 여진어로 말을 해 대는 것을 보니 내 말을 알아듣지 못했을 리가 없지 않니?"

"그런 바 없다."

"황제를 모략한 바가 없다고?"

"그렇다."

정민은 이 여자가 금 황제가 보낸 암살자나 첩보원은 아닐 것이라고 확신하고 있었다.

황제라면 분명히 온갖 병사들을 풀어서 쫓아가 추포해 온 다음에 국문을 했을 것이다.

어쩌면 심문 절차도 없이 바로 말이 이끄는 수레에 사지를 묶고 사방으로 달리게 해 몸을 찢어 버렸을지도 모른다. 적어도 금의 당대 황제인 완안량은 권력에 대한 도전에는 그렇게 가차 없이 대응하고도 남을 사람이었다.

'이걸 어떻게 알고 협박해 오려는 것임에 분명한데,

도대체 누가 무슨 목적으로?'

정민은 머리를 빠르게 굴려 보았지만 너무 가진 정보가 없었다. 일단은 저쪽이 말을 많이 하게 해야 했다.

"내가 중모에서 네놈이 서하놈과 송인(宋人)과 마주 앉아 글로 모략을 논하는 것을 보았는데?"

"그런 일 없다."

"그 글에 금 황제를 시해하자는 내용이 없다고?"

정민은 점차 이상한 느낌이 들었다. 야리웅과 주희와 함께 논한 것은 금 황제를 시해하자는 내용이 아니라 금나라의 전쟁을 역으로 이용하여 삼국이 이익을 챙기자는 것에 불과했다.

물론 그 과정에서 금나라 황제를 몰아내기 위한 반군의 지원을 한다는 내용이 들어가기는 했다.

그러나 그렇다고 해서 그것이 황제를 시해하자는 이야기는 아니지 않은가. 적어도 이 여자는 글을 모르거나, 아니면 실제로 그 필담 내용을 보지 못한 것임에 분명했다.

차라리 그때 서로 말이 통하지 않아 필담으로 이야기를 나누고 태워 버린 것이 잘된 일이었다고 정민은 생각했다.

"그래, 없다."

"그럼 뭐냐. 도대체 너희 세 명이 황제의 눈을 피해서 중모에서 만난 것은 무슨 이유 때문인데? 갈왕이 널더러 황제를 처리할 방법을 알려 준 것이 아니었나?"

여자는 조금 혼란스러워하는 모양이었다.

정민은 살짝 목덜미에 닿은 칼을 쥔 힘이 느슨해지는 것을 느끼고서, 저도 모르게 몸을 힘차게 반대쪽으로 굴려서 여자를 밀어내 버렸다.

덩그렁 하고 칼이 떨어지는 소리를 듣고서 정민은 씨름을 하듯이 넘어진 여자의 허리를 잡고 한 손으로는 여자의 두 손을 머리 위로 끌어 붙여서 눌러 잡았다.

"이거 놔!"

"먼저 내게 칼을 들이밀며 협박한 것이 누군데 이런 소리를 하지?"

물길이 조금 좁아졌는지, 배가 잠시 흔들렸다. 혹여 제압한 것을 놓칠까 봐 정민은 단단히 힘을 주어 여자가 꼼짝하지 못하도록 막았다.

그 와중에 선실로 들어온 달빛에 여자의 얼굴이 잠시 스쳐 보였는데, 정민은 그 순간에도 조금 놀라지 않을 수 없었다.

걸걸한 여장부일 줄 알았더니 짙게 뻗은 가는 눈썹에, 어두운 가운데에도 한눈에 띌 정도의 미모를 가진 젊은 여자였던 것이다.

"놓아 준다면 내가 왜 여기 왔는지 말해 줄게."

여자의 말에 정민은 고민도 하지 않고 고개를 저었다.

"내 목숨을 노렸던 사람에게 협상은 없어. 오히려 네가 내가 원하는 대로 정보를 말해야 할 거야."

정민의 말에 여자의 눈썹이 찌푸려졌다.

제30장
급전(急轉)의 바람

최포칭은 밤낮으로 달려 개경에 거의 당도했을 무렵에 분위기가 심상치 않음을 느꼈다. 경기(京畿)에 들어서서부터는 갑자기 군병들의 수가 부쩍 늘었다고 생각했고, 여기저기서 길목을 지키고 서서 심문을 하는 것을 보았다.

느낌이 좋지 않았던 최포칭은 말에서 내려서 노복들과 함께 산길을 돌아서 개경으로 가는 것을 택했다. 그렇게 동강(東江, 現 임진강) 근처까지 왔을 무렵에는 아주 개경으로 들어가는 것을 포기해야 하는 생각까지 하게 되었다.

'이미 늦었군.'

최포칭은 개경으로 신분을 숨기고 들어갈 수 있는 방법이 사실상 차단되었다는 것을 깨닫고서는 온몸에 무력감이 퍼져 드는 것을 막을 수 없었다.

운 좋게 개경으로 들어가도 문제였다.

이미 어떤 이유에서든 잡아들이라는 어명이 내려지지 않고서야 이렇게까지 삼엄하게 굴 수 없는 노릇이었다.

개경으로 들어가거나 들어가지 않거나 결과적으로는 잡힐 수밖에 없는 것이다. 그러나 최포칭은 이대로 물러설 수는 없었다.

"일단 너라도 개경 안으로 들어가서 집의 안부와 돌아가는 상황을 좀 알아 오너라. 나는 감악산(紺嶽山)에 잠시 숨어 있겠다."

최포칭은 결국 일단은 개경 안으로 숨어 들어가는 것은 포기했다.

그리고 대신해서 종자를 보내어 개경의 사정을 알아 오도록 시켰다.

최포칭이 숨기로 한 감악산은 적성현(積城縣, 現 경기도 파주시 적성면)에 있는 명산으로, 남쪽에서 개경으로 올라가는 길목에 걸쳐 있었다. 이 산 정상에 오르면 개경 송악산이 훤히 내다보이는데, 산세가 그리 평탄하지는 않아 곳곳에 암자들이 많아 숨을 장소로 괜찮았다.

일단은 별수가 나지 않으니 그나마 개경과 가까우면서도 당장에 관병들이 들이닥치지는 않을 법한 장소를 꾀를 내어 골라낸 것이었다.

"다녀오겠사옵니다."

"서둘러야 한다. 쉬지 말고 뛰어가서 개경에서는 하룻밤만 머물고 다음 날 바로 나를 찾아오도록 해라. 촉각을 다투는 일이다."

지리산에서부터 최포칭이 몰아쳐 댄 탓에 그를 호종하던 하인이며 종자며 할 것 없이 반 이상이 오는 길에 나부러졌다.

그나마 남아 있는 종자들도 얼굴이 파리하고 먹지를 못해 체력이 바닥난 상황이라, 최포칭은 그나마 젊고 날쌘 종자를 불러다가 재촉을 하며 어서 다녀오라 하였다.

종자는 먹을 것도 주지 않고 위험한 일을 감수하라 하니 마음이 편치 않았지만, 주인이 을러 대는 일이니 시키는 대로 하지 않을 도리가 없었다.

"도대체 무슨 일이 있었습니까?"

"어서 꺼져라. 여기는 죄인의 집으로 칙명으로 봉금(封禁)되었다."

종자가 주린 배를 움켜잡고 죽을힘을 다해 개경으로 뛰어가 보니, 막상 주인의 집은 사방에 군병이 깔려서 접근을 못하게 하고 있었다.

주인 식솔들의 안부도 알 수 없거니와, 무슨 대단한 사달이 난 것임에는 틀림없다는 생각이 스치자 종자의 머리는 빠르게 굴러가기 시작했다.

"우선승 최포칭이 역적질을 했다면서?"

"무슨 소동이 이렇답니까. 무슨 천하에 역적질이 해를 걸러 한 번씩은 벌어지니, 누가 꾸민 일일 겁니다."

"꾸민 일이 아니라 그만큼 임금의 덕업이 땅바닥까지 떨어진 것이지."

"예끼, 누가 듣겠소."

어떻게 해야 할지 대중을 잡지 못해서 종자는 일단 바람을 발에 불이 나도록 개경 저자거리를 뛰어다니는 수밖에 없었다.

어디 가서든 소문이라도 주워들어 상황을 파악할 요

량이었다.

그러나 막상 개경에 퍼져 있는 소문을 듣고 나자 종자는 최포칭에게 돌아갈 생각이 싹 사라졌다.

더군다나 주인의 신병에 현상까지 걸려 있는 것을 확인하고서는 더욱 생각이 굳어졌다. 그는 그 길로 관아로 가서 자신이 최포칭의 하인이며, 그가 감악산에 숨어 있다고 일러바쳤다.

"저이(這二)라는 종놈이 자기 주인 최포칭이 적성 감악산에 숨어서 간을 보고 있다고 고해 바쳐 왔소이다. 일단 폐하께 이를 말씀 드리고 잡아들이러 갈 생각이오."

최포칭을 잡아들이고자 눈이 벌게져 있는 사람들 가운데 하나는 바로 정중부였다.

그는 내심 이 일에 있어서 김돈중과 이해관계를 함께하게 된 것이 마음속에서 탐탁찮았지만, 최종적으로 김돈중에게 복수를 하기 위해서는 자신의 입지가 더욱 단단해지고 무신의 권익이 더욱 보장 받아야 한다는 생각을 할 머리는 있었다.

그렇기 때문에 정서의 기민한 설득에 금방 마음이 동해서 적극적으로 최포칭 일파의 씨를 말리는 일에 팔을 걷고 나섰다. 임금까지 허락한 일이라니 더욱 거칠 것이 없었다.

김돈중이야 나중으로 미루더라도, 최포칭 또한 문신배의 우두머리 같은 자였다.

이자의 목을 따면 최포칭을 중심으로 모여들었던 명문 거족들의 힘이 잠시라도 꺾일 것은 자명한 노릇이었다.

정중부는 최포칭이 감악산에 숨어 있다는 정보를 들은 뒤 바로 입궐하면서 정서를 잠깐 만나서 곧 최포칭이 잡혀 들어올 것이라는 사실을 일러 주었다.

"정 장군만 믿고 있겠습니다. 나라에 장군 같이 든든한 간성(干城)이 있으니 역적들이 어디 몸이나 추리겠습니까."

"괜한 기름칠은 하지 마시오. 여전히 김돈중과 함께 움직이는 것이 나는 탐탁찮소이다."

"김돈중은 김돈중일 뿐. 지금 우리 적은 최포칭입니다, 맞지요?"

정서의 말에 정중부는 대답 없이 발걸음을 재촉했다. 생각은 정서의 말 대로였다.

최포칭과 그 수하들을 조정에서 걷어 내고 나면 다음

은 환관들 차례였고, 그다음에 남는 정치적 공백에서 무신들의 입지는 크게 강화될 가능성이 높았다.

정중부가 보고 있는 것은 그것 하나였다. 사실상 임금의 진의는 고려하지 않고 겉으로 드러난 칙령에만 반응하여 움직이는 것은 그것이 정서 일파와 자신에게 유리하기 때문이었다.

'슬슬 내 명에 거역하기 시작하는 이의민 그놈도 문제이고, 이번 일이 끝나면 더욱 기세가 등등해질 김돈중도 문제이다. 정서가 아니라면 이 상황을 날 대신하여 조절해 줄 사람이 없어.'

얄밉더라도 지금으로서는 정서를 믿고 갈 수밖에 없었다.

그러한 사실은 정서도 잘 알 것이었다. 정중부는 머릿속이 여전히 복잡했지만, 일단은 최포칭을 잡아들이는 일에 전념하기로 하고 임금의 사후 추인이나 다름없는 재가를 받아다가 개경의 군병들을 이끌고 적성으로 달려가 감악산을 에워쌌다.

"낭패로구나! 나는 혹여 모를 역습을 단단히 막아 두고자 선수를 친 것이었는데, 오히려 그것이 내 목을 이리 죄어 오게 될 줄이야."

최포칭은 산을 둘러싼 군병들을 보고서는 일이 완전히 그르게 되었음을 짐작했다.

그곳에서 바로 목숨을 끊을 수도 있었으나, 자신을 이렇게 몰아넣은 자들의 두 눈은 똑똑히 바라보며 죽기로 마음을 먹고, 저항 없이 잡혀 들었다.

적성산 아래의 들에 진을 치고 있는 정중부의 진지로 끌려온 최포칭은 정중부의 앞에 꿇려 앉혀진 상황에서도 자기 나름의 기세는 잃지 않으려 했다.

"네놈, 역적 최포칭. 산으로 숨어들면 영영 못 잡을 줄 알았던 것이냐?"

"정중부, 네놈이 이제는 임금이 아니라 정서와 김돈중의 개가 되어 움직이는 것이로구나."

"허튼소리 말아라. 여기 너를 잡아들이라는 칙명이 있다."

정중부는 최포칭의 말을 간단히 무시하고서는, 막사 내의 탁상에 놓여 있던 칙령이 적힌 두루마리를 최포칭의 눈앞에다가 펼쳐 내렸다.

최포칭은 한쪽 끄트머리에 선명하게 붉은색으로 찍혀 있는 옥새를 보고서는 눈을 질끈 감았다.

"내가 어리석어 적들의 군공만 세워 주는구나."

뒤늦은 한탄을 해 보지만 소용이 있을 리 없었다. 정중부는 그 길로 바로 최포칭을 개경에 압송해다가 옥사에 가둔 다음, 정서 등과 함께 임금에게 최포칭을 심문하여 죄를 캐내고 벌하라 청하였다.

문극겸을 위시한 간관들마저도 뚜렷한 증거가 있는 상황에서 최포칭이 역적이 아니라 할 수 없다고 주장하며 궐전에 엎드려서 빠른 처리를 호소했다.

임금은 이 마당이 되자 움직이기 싫은 걸음을 옮기는 수밖에 없었다.

"이제는 내 곁에 너희들밖에 없구나."

임금은 왕광취니 백선연이니 하는 환관 모리배들을 둘러보며 퀭한 눈으로 중얼거렸다. 최포칭은 그가 믿을 수 있는 가장 강고한 동맹이었다.

그러나 이제 임금이 할 수 있는 일은 최대한 최포칭 사건의 여파를 줄이고 최포칭, 김순부의 선에서 일을 끝내는 것이었다.

그렇게만 한다면, 적어도 조정의 세력이 한쪽으로 쏠리는 것을 방지하고 여전히 정서와 김돈중을 견제할 세력을 남겨 둘 수 있었다.

'최포칭이 지나치기는 했다.'

사실 임금으로서는 정서와 김돈중을 제거할 요량은 아니었다.

다만 화살 사건으로 인하여 정함 등이 쓸려 나가 권력의 공백이 생기자, 이 자리를 정서 등이 갑작스럽게 치고 올라오는 것을 견제할 필요가 생긴 것이었다.

그리고 그 적임자로 선택된 것이 최포칭이었다. 임금의 심기를 거스르지 않고, 분수를 알며, 적당히 이기적이라 알아서 적들을 쳐 내 주는 그런 존재가 최포칭이었다.

그런데 정서의 힘을 완전히 꺾어 놓기 위해 국서까지 위조한 것은 임금의 입장에서도 참으로 안타까운 일이었다. 들키지 않았다면 가장 좋은 결과였을 것이다.

그러나 지금 시점에서는 그저 패착이었다고밖에 할 수 없는 노릇이었다. 이제 최포칭이 꺾이면 임금은 다른 세력에 의존하여 승승장구하는 정서와 김돈중의 일당을 견제해야 하는데, 지금으로서는 떠오르는 사람이 없었다.

"죄를 지은 것이 명확하니, 더 이상 심문할 것도 없도다. 대신들이 의논하여 적법하게 처결하라."

임금은 끝내 최포칭을 국문장에 세우지 않았다.

임금의 칙령으로 목을 벤다면 가장 좋을 일이지만, 이쯤 와서 그만둘 정서나 김돈중이 아니었다.

결국 최포칭은 붙잡혀서 사천(沙川) 가에서 목이 베였다.

그의 일족은 모두 끌려가 노비가 되었으며, 김순부는 다행히 일족이 참화를 당하는 것은 면하고 자기 목만 베였다.

최포칭은 죽으면서 탄연이 한 말을 떠올리며 유언을 했다.

"남에는 신룡(神龍), 동에는 황룡(黃龍), 북에는 교룡(蛟龍)이 일 것이라 탄연선사가 말을 하며 날더러 용이 될 수 있느냐고 물었다. 나는 내가 잠룡(潛龍)인 줄 알아 서에서 등천(登天)하리라 꿈을 꾸었으니, 이 모두 허튼 노릇이냐. 보자 하니 이제 임금의 치세도 머지않았다. 동남북으로 용들이 치솟으면 천하가 동강 나고야 말 것이다."

저주 섞인 말이려니 하고 아무도 귀담아 듣는 이는 없었다.

그러나 처형장에 얼굴을 내민 정서는 그 말을 그저 흘려듣지 않았다.

탄연의 명성은 그 또한 익히 들은 바였다.

그런 선사가 이른 말이라면 무슨 의미가 있으려니 해서였다.

❖   ❖   ❖

개경에서의 사태가 급변하는 동안, 정민과 사절단은 무사히 북쪽으로 올라와 동경 요양부의 목전까지 다다랐다.

요양까지 올라오는 동안 정민은 자신을 습격했던 여자를 묶어 놓고 밥과 물만 준 채 아무것도 묻지 않고, 아무것도 듣지 않았다.

처음에는 길길이 날뛰면서 저항을 하던 여자는 사흘째가 되자 슬슬 지쳐 가서 사정하기 시작했다.

"내가 왜 너를 습격했는지 궁금하지도 않아?"

"별로 안 궁금한걸. 어쨌든 잘못은 저질렀으니 요양에 가면 너를 관병에게 인계해서 그냥 벌 받게 할 생각이야."

실제로 정민은 별로 그 이유가 궁금하지 않았다.

금 황제가 보낸 암살자만 아니면 될 일이었다. 점차

요양에 가까워지자 마음도 편해진 것도 한 몫을 했다.

고려에서 보낸 것도 아니고 황제 완안량이 보낸 것도 아니라면, 정민은 그다지 자신을 해치려 한 사람이 누군지 알고 싶지 않았다.

혹여 야리웅이나 주희가 보냈다고 하더라도 정민은 별로 개의치 않을 생각이었다.

그들이 자신을 해칠 이유도 없거니와, 혹여 무슨 이유가 있어서 자신을 속였다고 하더라도 실질적인 위협이 되는 것은 아니라고 생각했기 때문이다.

"나는 누구 지시를 받고 너를 습격한 게 아니야."

"별로 안 궁금하대도."

"진짜 아니라니까. 그냥 그때 중모에서 무슨 이야기가 오고 갔는지 궁금했어. 정확히 알 필요가 있었던 것뿐이야."

여자가 말을 늘어놓기 시작하자, 정민은 슬쩍 자리를 피해 버렸다.

묶여 있는 채로 여자는 발버둥 치며 뭐라고 소리를 질러 댔지만, 정민은 못들은 척 선창에 나와서 운하 물에다가 낚싯대를 드리워 놓고 그냥 시간을 흘려보냈다.

그렇게 운하의 북쪽 끝, 대도 방향으로 가는 길목에서 육로로 길을 바꿀 때까지 정민은 여자를 그냥 사실상 방치해 두었다.

물론 괴롭히는 재미가 조금도 없었다면 거짓말일 것이다.

"나는 자랑스러운 연(燕)가의 후손이다. 더 이상 이런 모욕을 주지 말고 빨리 죽이든가 풀어 주든가 해!"

육로로 가면서 당나귀 위에다가 엎어 놓은 뒤에 묶어 끌고 가니, 여자는 눈물을 글썽이며 소리를 쳤다.

"도대체 왜 너를 습격하려 했다는 자를 저렇게 입도 묶지 않고 끌고 가는 것이냐?"

보다 못한 최유청이 슬쩍 정민에게 물어 왔을 정도였다.

정민은 그저 웃음을 머금고서 최유청에게 다 생각이 있어서 그렇다고 말을 할 뿐이었다.

워낙에 속을 모를 놈이지만 그간 그럼에도 불구하고 정민의 생각대로 해서 잘못된 바가 없으니 그러려니 할 뿐이다.

"금나라 군병들에게 넘기는 것은 절대 안 돼! 그냥 차라리 날 죽여. 죽이기 싫으면 자진하게라도 해 달란 말이야!"

대도에는 들리지 않고, 정민과 사절단은 방향을 동북방으로 틀어서 요양으로 직행했다. 요양성이 평원 저너머로 모습을 드러내자 여자는 악을 쓰며 정민에게 소리쳤다.

정민은 그제야 육로로 움직이기 시작하고 처음으로 여자 옆으로 가서 귀에다가 입을 가져가서 물었다.

"금나라 쪽에 결탁한 것은 아닌 것 같고, 그럼 도대체 혼자서 뭘 하려 했던 거지?"

"그냥, 나는 그냥……. 너를 좀 겁을 줘서 어차피 금황제와 악연이 있는 것 같으니까, 복수를 하는 데 쓰려고……."

"무슨 말인지 전혀 모르겠군."

"당연히 모르겠지! 우리 부모님이 당한 치욕을 생각하면 나는 금나라가 무너질 때까지 눈을 감을 수 없어!"

여자가 소리를 빽 지르자, 정민은 살짝 발을 잘못 디딘 척 하면서 그녀가 묶여 있는 당나귀의 뒷다리를 걸어찼다.

당나귀는 깜짝 놀라서 날뛰기 시작하자, 당나귀 몸에

묶여 있는 그녀는 깜짝 놀라서 어떻게 하지도 못하고
비명만 질러 댔다.

"무슨 이 정도 위협에도 놀라서 어쩔 줄 몰라 하면
서, 무슨 강단으로 나를 위협해 움직이게 하겠다고 생
각을 한 거지?"

"그…… 아, 안 믿겠지만 사실 나는 무술 실력이 좋
아."

"무술? 무술 같은 소리 하고 있네."

정민은 어이가 없었다.

짙은 밤에 자신을 습격했을 때도 주도권을 잃고 결국
사로잡혔던 그녀였다.

그런데 무술 실력이 좋다고 운운하고 있으니 어이가
없는 노릇이었다.

"웃지 마! 우리 아버지에게 배운 진짜 무술이라고."

"너희 아버지가 소림사 방주라도 되냐?"

"소림사는 무슨! 진짜 협객처럼 살면서 아버지가 사
방에 위명을 떨쳤던 무술인데, 동네 애들 장난이 아니
야!"

"그래? 그래서 잘나신 아버님 성명이 어떻게 되시
냐?"

"연청(燕靑)이시다! 정강의 변 이전에는 온 나라에 이름을 떨치던 협객이셨어! 너 같은 고려 촌놈 나부랭이는 들어 본 적도 없겠지만."

"그래? 촌놈이라 미안하군."

정민은 귀를 파는 시늉을 하며 딴청을 피웠다.

순간 연청이라는 이름에 떠오르는 생각이 있었지만, 이내 머릿속에서 지워 버렸다.

'예전 수호전에서 이름을 들어 본 것 같기도 한데. 그런데 애초에 후대에 집필된 그런 소설이 실제 내용일리 없을 텐데……'

《수호전(水滸傳)》이 분명 북송의 멸망 직전 시기를 다루고 있기는 했고, 더불어 조정의 권신(權臣)들이 다수 악역으로 나오는 것도 사실이었다.

그러나 어디까지나 후대에 창작된 협객 소설이었다. 실제로 그러한 영웅들이 있었을 리도 없었다.

물론 무협 소설에 나올 법한 초인적인 무위를 자랑하는 존재들도 이 세상에는 보이지 않으며, 세상과 동떨어져서 협의를 지닌 이들끼리 어울려 사는 녹림(綠林) 같은 것도 없었다.

굳이 따지자면 도적떼들이 모여 사는 산채들이 있기

는 했다.

요즘 같이 수상한 시기에는 더더욱 그랬다.

그런데 수호전에 나왔던 이름을 자기 아버지라고 진지하게 주장하는 여자 앞에서 정민은 어떻게 반응해야 할지 몰랐다.

"네 아버지가 연청이면 내 아비는 노준의(盧俊義)다."

"너, 네가 어떻게 노 공의 이름을 아는 거야?"

노준의는 《수호전》에서 갈 곳 잃은 연청을 거두어 길러 주고 종자 삼아서 가르침을 베풀었던 대명부의 대상인이었다.

옥기린(玉麒麟)이란 별칭으로 불릴 정도로 다재다능한 사람이었는데, 주인을 빼닮았는지 소설 속에서는 연청도 못하는 것이 없었다.

그런 내용이 생각나서 실없는 소리 말라고 면박을 주려던 것이었는데, 진지하게 노준의의 이름을 어찌 아냐고 화들짝 놀라서 여자가 물어 오자 이번에는 정민이 당황하고 말았다.

"그, 그럼 너 송강이라는 사람도 아냐? 양산박은?"

"도대체 무슨 소리를 하고 있는 거야? 노준의는 우리 아버지의 스승 같은 분이신데…… 매우 돈 많은 상인이긴 했지만 이름이 여기저기 알려질 정도는 아니었는데."

여자는 많이 곤혹스러운 모양이었다. 다행히 노준의와 연청이 실제 있었을 가능성이 있다고 해도 《수호전》의 모든 인물들과 내용이 현실로 불거져 나오는 일은 없을 것 같았다.

정민이 갑자기 떨어져서 겪은 이 세계는 지극히 현실적이고 비합리적인 것이나 초자연적인 것이 일어나지 않는 곳이었다.

오히려 철저히 정치 논리와 비열한 힘의 사용에 따라 한 사람의 인생이 쉽게 결정 나기도 하는 비정한 세상이었다.

그런 세상이다 보니 《수호전》같이 민중의 고락을 이야기로나마 풀어 주려는 소설이 등장했을 것이다. 그러나 어디까지나 그것은 소설일 뿐, 현실이 될 수는 없는 이야기였다.

"그래, 네 아버지는 연청이라 치자. 어머니는 누구냐?"

"우리 어머니 이름은 이사사(李師師)야."

"그 개봉에서 절세가인으로 이름 높던 가기(歌妓) 말

이냐?"

"어머니를 기생 취급하지 말아 줬으면 좋겠는데. 금 나라에 저항해서 결국 스스로 목숨을 끊으셨거든?"

정민은 머리가 지끈거렸다. 그 말이 사실이라면 납득할 만하기는 했다.

끌려오면서 씻지 못해서 시큼한 냄새가 풍기긴 했지만 여자의 미모는 꽤나 절색(絕色)이었다.

아비라고 주장하는 연청이나, 어미라고 주장하는 이사사나 모두 뛰어난 외모로 이름이 높았던 사람들이니 딸이 아름답다고 해서 이상할 것은 없었다.

살짝 치켜 돋은 눈매가 매력이 있었고, 전체적인 얼굴형도 매끄럽게 빠졌다.

정민은 그런 여자가 외모를 이용할 생각은 하지 않아서 더욱 재미있다고 생각했다.

보통은 이런 상황이면 자기 외모를 무기로 삼을 법도 한데, 자기가 남자 눈에 어떻게 비춰질지에 대한 감각조차 없는 느낌이었다.

"그래서, 네 이름은 뭐냐?"

"나는 연유린(燕柳麟)이다. 이제 내 핏줄과 동기에 대해서 다 알았을 테니 그만 풀어 주지그래?"

"싫은데."

정민은 정말로 연유린을 풀어 줄 생각이 없었다. 아직까지 해명이 끝나지 않았다.

막연하게 부모가 북송 말엽에 꽤나 이름이 있던 사람들이고, 금나라에 저항해 어쨌다는 둥, 그래서 원한이 있다는 둥 하는 말이 아직은 설득력이 크지 않았다.

정강의 변으로부터 거진 40여 년이 다 되어 가는 지금인데, 이제 고작 연유린의 나이가 높게 봐야 스물하나나 둘쯤밖에 되어 보이지 않는 것도 의심스러웠다.

"너에 관해서는 좀 더 자세히 알아본 다음에 어떻게 할지 결정을 하지. 일단은 요양에 들어가서 어디 갇혀 있어야겠다. 너를 심문하기에 나보다는 더 어울리는 사람이 저 성 안에 있으니, 거기다 좀 맡겨야겠다."

정민의 말에 연유린의 표정이 심각하게 굳었다.

대금국 동경 요양부.

근 두어 달 만에 다시 돌아온 요양성으로 들어서며 정민은 새삼스러운 기분이 들었다.

여기서 온갖 사건을 겪은 것이 얼마 되지 않은 일인데, 벌써 몇 년은 지난 일 같이 생각되었던 것이다.

물론 그간에 많은 일들이 있기는 했다. 불안한 마음으로 향했던 남경 개봉부에서도 결국 큰 위해 없이 돌아올 수 있었고, 오히려 서하와 남송의 사신들과 마주앉아 책략을 논하기도 했다.

잃은 것 보다는 그래도 얻은 것이 많은 사행이어서 정민은 생각하고 있었다.

그러나 금나라에 들어와서부터 목숨의 위협을 받은 것만 하여도 적어도 두 번, 사행 내내 불안감에 시달려야 했던 것까지 생각하면 머리가 한 움큼 빠져나가도 이상할 것이 없을 정도로 고생스러운 여행이었던 것은 사실이다.

이제 동경 요양부에 도착했다는 것은, 비단 경로 가운데에 있는 목적지 하나를 거쳐 가는 것이 아니라 드디어 편안하게 금 황제를 신경 쓰지 않고 한숨 돌리며 쉴 수 있게 되었다는 이야기이기도 했다.

무슨 변고가 없다면 그사이 갈왕 완안옹의 요양부 장악은 이제 완료되었을 터였다.

"몸 성히 돌아온 것 같아 보기에 좋구려."

사절단이 요양에 다다랐다는 소식을 들었는지 완안옹은 벌써 성문 가까이 마중을 나와 있었다.

그전에 비해서도 혈색이 완연히 좋아졌을 뿐만 아니라, 이전에도 대단했던 절도 있는 패기가 이제는 주변에 위압감을 줄 정도로 기세 좋게 뿜어 나오고 있었다.

정민은 내심 완안옹의 진짜 모습을 보고서는 감탄을 하지 않을 수 없었다.

"전하의 은혜로 무탈하게 국사를 마치고 돌아올 수 있었습니다."

직접 마중을 나와 주었으니 사절단으로서도 예를 표하지 않을 수 없다.

최유청이 공손히 앞으로 나아가 완안옹에게 읍을 하며 말했다.

"개봉은 어떻더이까?"

"황제가 제국(諸國)의 병사를 모두 끌어 모아 개봉 주위에 산개시켜 놓고, 언제고 전쟁을 벌일 수 있다 남송의 사절을 윽박질렀습니다. 서하와 저희 고려 또한 공물과 병력을 바치라는 요구를 들었습니다. 황제는 실로 입으로는 전쟁을 생각지 않는다고 하면서 실제로는 얻어 낼 것을 얻어 내면서도 전쟁은 전쟁대로 수행할 생각으로 보였습니다."

"과연 그럴 줄 알았소. 완안량은 포기하지 않을 것이오. 부족한 정통성과 그간의 패악을 천하의 일통으로 상쇄하고자 눈이 벌게져 있으니……."

완안옹이 침음을 흘렸다.

그러나 좋게 보자면, 전쟁이 일어나서 민생이 도탄에 빠지기는 하겠으나 그로 인해서 완안옹이 요양에서 모양새 좋게 거병할 수 있게 된 셈이었다.

그는 사절단을 자기 관저로 초청해 연회를 하기를 권하면서, 그간에 있었던 일에 대해서 간단히 말해 주었다.

요는 고려에서 정서의 이름으로 요청이 들어왔기에 김순부를 압송해 보냈고, 그동안 화약 무기는 순조롭게 제작되었다.

동경로 각처를 돌아다니며 끌어 모으고 지원 받은 병사들을 기민하게 훈련시켰으며, 상인은 김순부를 압송해 보내는 길에 같이 보냈으나, 김정명과 정민의 처들은 아직 요양에 남아 있다는 등등이었다.

정민은 그 모든 소식 가운데에서 벌써 김순부가 아버

지의 청으로 고려로 붙잡혀 갔다는 이야기에 깜짝 놀랐
다.

"김순부가 고려로 보내졌다는 말이 진정입니까?"

"그렇소. 내가 직접 결정해서 보냈소이다. 경의 부친
이 요양에 체류하고 있던 경이 부리는 상인 오저군과
연통을 주고받은 모양이오. 잘은 모르지만 고려의 상황
이 급박하게 전개되어 김순부의 목이 필요해진 것 같은
데, 너무 걱정은 마시오. 아마 시기가 절묘하여 경에게
이득이 되는 쪽으로 일이 마무리 되었을 것이오."

완안옹의 말에 정민은 수긍했다. 아마 아버지가 직접
나서서 처리를 했다면 일이 허투루 되지는 않았을 것이
다.

물론 변수는 여러 가지가 있었다.

일이 잘 흘러갈 가능성만큼 망쳐졌을 가능성도 높았
지만, 사실상 모든 정치권력과 목숨을 걸고 하는 도박
에서 정서가 아둔하게 행동했을 것이라고는 생각되지
않았다.

'아마 큰 문제는 없을 것이다. 오히려 더 움직이기
좋은 환경이 마련되겠지.'

정민은 고려 내부에서 일어날 문제에 대해서는 일단

은 신경을 쓰지 않기로 마음먹었다.

일단 지금 그 문제를 처리하는 것은 자신의 몫이 아니라 아버지의 몫이라고 생각했기 때문이다.

정민은 일단 그보다는 요양에서의 논의를 완전히 매듭짓고, 다르발지를 데리고 귀국할 준비를 할 생각이었다.

'일단 연유린은 다르발지에게 맡겨서 내막을 좀 캐내어 봐야겠군.'

무슨 쓸 만한 정보가 나올지는 알 수 없었으나, 적어도 그녀에 대한 처분을 정하기 위해서라도 더 자세히 알 필요가 있기는 했다.

정민은 괜히 자신이 직접 그녀와 부딪히며 심문을 하느니 다르발지에게 맡기는 것이 낫겠다고 생각했다.

연유린이 여진어도 능숙한 모양이니 의사소통은 지장이 없을 것이고, 다르발지의 원숙한 노련함이라면 연유린을 요리하는 것은 어렵지 않을 것이라 정민은 생각했다.

"경의 처들을 일단 만나러 가 보겠소?"

잠시 생각에 빠져 있던 정민은 완안옹의 말에 상념에서 깨어났다.

순간 처들이라는 말에 무슨 소리인가 했다가 까맣게 잊고 있었던 조인영의 얼굴도 떠올랐다.

그 맹하고 가진 것이라고는 순진함밖에 없어 보이는 송나라 황녀를 생각하고서 정민은 한숨이 절로 나왔다. 그러고 보니 그녀를 어떻게 남송과의 유대를 키우는 데에 이용할 수 있는 방안이 있을 것 같기도 했다.

적어도 그녀의 신분을 확실하게 한 다음 임안으로 보내면, 별로 속으로는 반가워하지 않더라도 송 황실로서는 받아들이지 않을 수는 없을 것이었다.

그녀의 탈출을 도운 이들에게 마땅히 따르는 보상이 내려올 것도 자명한 일이었다.

'이참에 안면을 튼 주희를 이용해서 뭐라도 건져 봐야겠다.'

정민은 괜한 이야기를 완안옹에게 덧붙이지는 않고, 잠시 그렇다면 시간을 허락해 줄 수 있느냐고 물었다.

완안옹은 흔쾌히 다녀오라고 말하며, 정민에게 다르발지와 조인영이 있는 곳으로 안내해 줄 사람을 붙여 주었다.

둘이 머물고 있는 장소는 요양부 객관의 한쪽 내정(內廷)과 마주한 담으로 둘러싸여 있는 공간이었다.

어찌 되었든 남편이 있는 여자들을 객관에 머무는 다른 남정들과 뒤섞어 둘 수 없다는 이유로, 완안옹이 특별히 배려를 해 준 것이었다.

정민이 예고 없이 찾아가자, 봄바람을 즐기며 앉아서 이야기를 나누고 있던 다르발지와 조인영이 화들짝 일어났다.

정확히는, 다르발지가 정민의 모습을 보고 깜짝 놀라 저도 모르게 일어나서 달려왔고, 조인영은 덩달아 엉거주춤 어쩔 줄 몰라 하며 따라 일어난 것이긴 했다.

"상공!"

다르발지는 빠르게 뛰어와서 정민의 볼을 두 손으로 감싸 안았다.

그녀는 정민이 다시 자신의 손이 뻗을 수 있는 거리에 서 있다는 것이 믿기지 않는다는 듯 눈에 눈물이 글썽거리고 있었다.

정민은 그녀의 손에서 전해지는 따스한 온기를 즐기며 그녀를 품에 안았다.

"잘 다녀왔소."

"왜 이렇게 얼굴이 파리하게 되셨어요."

"이런저런 일들이 있기는 했는데, 그냥 먹는 것이 입

에 안 맞아서 그런 거요."

정민이 멋쩍게 말했다.

"그래도 그렇지. 먹을 것은 잘 챙겨 드시고 다녀야지요. 일단 어서 올라오세요."

다르발지가 약간 화가 오른 표정으로 정민을 타박하며 마루로 올려 앉혔다.

정민은 멋쩍게 서 있는 조인영에게 살짝 목례를 했다.

조인영은 어떻게 해야 좋을지 감이 잡히지 않는 듯 저도 모르게 꾸벅 목을 숙이며 답례를 했다.

정민은 그 모양이 썩 보기에 재미있다고 생각했지만, 크게 더 관심을 두지는 않고 다시 다르발지에게 시선을 돌렸다.

"그동안 무슨 일은 없었소?"

"갈왕 전하께서 이런저런 배려를 해 주셔서 크게 부족하거나 한 것은 없었어요. 다만 소식을 듣지 못하니 마음이 편치가 않아서……."

"그거야 내가 이제 무사히 돌아왔으니 해결되었겠고……."

"그야 그렇지만. 아무리 그래도 그렇지, 어떻게 지아

비가 되어서 아녀자가 남편 걱정하는 것을 몰라 주고 그리 시큰둥하시죠?"

다르발지의 살짝 원망스럽다는 듯 가시 돋친 말에 정민은 그저 으레 멋쩍은 웃음으로 상황을 모면하려 했다.

"그거 내가 정말 몰라서 그런 것이 아니라, 고맙다는 말이 부끄러워서 그런 것이니 이해해 주시오."

정민이 농을 치니 다르발지가 못 이기겠다는 듯 고개를 젓고서, 간단한 다과상을 보아 왔다. 정민은 상에 놓여 있는 약과를 하나 집어먹고서는 다르발지에게 묻는다.

"오자마자 부탁을 하게 되어서 미안하긴 한데, 뭐 하나 나를 좀 도와줄 수 있겠소?"

"너무한 줄은 아시는 모양이네요. 뭔가요?"

"음, 요양으로 돌아오는 길에 배 선실에 숨어들어서 내 목숨을 가지고 협박을 하려 했던 계집이 있소. 그런데 아직도 도대체 무슨 목적으로 그랬는지 알 수가 없구려."

정민은 별 생각 없이 이야기를 했는데 다르발지의 표정이 순간 얼음장 같이 차갑고 싸늘하게 굳었다. 그녀는 손을 덜덜 떨면서 정민에게 되물어 왔다.

"그년, 지금 어디 있나요?"

정민은 아무 생각 없이 다르발지에게 대답을 하려고 고개를 돌렸다가 한기가 철철 풍기는 그녀의 얼굴을 보고서는 입이 열리지를 않았다.

보자 하니 걸리기만 하면 목숨을 살려 줄 생각이 없다는 결의가 그대로 드러나는 표정이다.

"그, 그, 좀 있다가 알려 주겠소."

"빨리요!"

다르발지는 결국에는 그 자리에서 즉답을 받아 내고서 팔을 걷어붙이고 뛰쳐나갔다.

정민은 그녀가 갑작스럽게 연유린을 족치겠다고 나가 버리는 바람에, 얼떨결에 조인영과 둘만이 남게 되었다.

"저, 언니는 지아비가 다치실까 봐 계속 노심초사를 했어요. 그런데 정말로 위험한 일이 있었다고 하시니 화가 끝까지 나신 거예요. 너무 걱정은 하지 마세요."

조인영이 조심스럽게 가까이 앉아서 정민에게 말했다.

"서로 언니 동생이라 부르기로 한 것이오?"

"예. 제가 워낙 오갈 데 없고 의지할 곳이 언니밖에 없다 보니, 다르발지 언니가 많이 챙겨 주셔서…… 그 저 저로서는 고마울 뿐이지요. 마, 만약 그렇게 언니라고 부르는 게 싫으시다면 그렇게 하지 않을게요."

조인영은 여전히 약간 정민이 무서운 모양이었다. 사실 조인영이 다르발지를 언니라 부르거나 말거나 정민으로서는 크게 중요한 문제가 아니었다.

"그건 아무래도 좋지만, 그동안 생각은 정리하셨소?"

"예? 어떤 생각을?"

"이제 거취를 정하셔야 하지 않겠소. 일단 금나라에 계속 머물 수는 없으니, 송나라로 가는 것이 어떨까 해서 말이오."

"그, 사실, 대송(大宋)이 소녀의 모국이긴 하지만, 사실 한 번도 가 보지도 않은데다, 태어난 곳도 아니라……. 가더라도 먼 친척들뿐이고 가까운 피붙이 하나 없기도 하고. 그래서 아직도 잘 모르겠어요. 하지만 지금대로라면 다르발지 언니도 곁에 있고, 그리고……."

조인영은 두서없이 무어라 늘어놓다가 그만 말끝을 흐렸다. 정민은 그녀의 생각이 이해가 안 가는 것은 아니었다.

사실 자기가 살아오던 세상과 뚝 떨어져서 천애고아처럼 혼자서 세상과 마주해야 했을 때 느껴지는 공포감은 다른 누구보다도 자기 자신이 잘 알았다.

조인영으로서는 지금 그래도 안전하게 느껴지는 사람이 곁에 있는 것이 내심 안도가 될 것이었다.

"그럼 일단 고려로 함께 들어가서 결정을 합시다. 그래도 내 생각에는 송나라로 가는 것이 그리 나쁘지는 않을 듯하오."

"예……."

조인영이 다 죽어 들어가는 목소리로 대답했다. 정민은 그 모습이 왠지 비를 맞고 서 있는 처량한 학 같다고 생각했다.

요양부 관가의 옥(獄).

연유린은 지친 표정으로 차가운 돌 벽에 기대어 넋을 놓고 있었다.

그 여자가 다녀간 뒤로 벌써 이틀 동안 아무도 찾아

오지 않고, 아무도 들여다보지 않았다.

좁은 옥에는 매일 한 번 죽을 가져다주는 옥리(獄吏) 만 다녀갈 뿐, 정적만이 깊게 깔려 있을 뿐이었다.

엄밀히 말하자면 소리가 없는 것은 아니었다. 가끔 옥사 저편에서 들려오는 울부짖는 소리가 귀를 찢어 놓 을 듯 거슬리게 울리기도 했다.

늙은 남자의 목소리인 것은 알겠는데, 뭐라고 지껄이 는지는 도무지 알아들을 수가 없었다.

적어도 여진말이나 한어는 아니었다. 고려말이 아닐 까 짐작을 해 보았지만 연유린으로서는 알 도리가 없었 다.

그 남자는 한참을 조용히 있다가 갑작스럽게 돼지가 멱을 따는 소리로 고래고래 뭐라고 외쳐 대다가, 옥리 들이 다가와서 몽둥이찜질을 하면 조용해지곤 하는 모 양이었다.

'설마 저렇게 될 때까지 여기 갇혀서 있는 것은 아니 겠지?'

요양으로 끌려온 직후, 이곳에 갇히자마자 웬 여진 여자가 달려와서 그녀의 뺨을 거칠게 때린 뒤에, 배를 걷어차고 여진어로 이런저런 욕설을 쏟아 냈다.

연유린은 갑작스러운 사태에 당황해서 눈물만 찔끔 거릴 뿐 뭐라고 말을 하지도 못했다.

무슨 괴로운 방법으로 심문을 할까 생각하니 머리가 아찔했다.

그런데 그 여자는 조만간 다시 찾아올 테니 거친 일을 당하고 싶지 않으면 알아서 말 할 내용을 정리해 놓으라고 으르고서는 사라져 버렸다.

그 뒤로 연유린은 비참한 기분으로 옥 안에서 멍하게 앉아 있기만 했다. 도대체 어쩌다가 이런 처지에까지 빠졌는지, 자기 실수라고 생각하니 더욱 마음이 좋지 않았다.

'휴…… 아버지가 살아 계셨으면 뭐라도 조언을 해 주셨을 텐데. 애초에 이런 멍청한 일을 벌이지 말라고 따끔하게 혼내셨겠지.'

연유린은 아버지의 얼굴을 떠올렸다. 잘생기고 체격도 훌륭한 아버지였다.

머리도 비상하고, 시며 악기에도 능통하며, 씨름에도 비길 데가 없는 사람이었다.

그녀의 아버지 연청은, 본래 대명부(大名府)의 으뜸가는 거부인 노준의에게 거두어져서 길러진 고아였다.

노준의는 연청을 어여삐 여기며, 온갖 학문과 기술을 알려 주었는데, 노준의 자신이 옥기린(玉麒麟)이라 불릴 정도로 모든 데에서 빼어난 팔방미인(八方美人)이기도 했기 때문이었다.

본래 타고난 기질이 뛰어난데다가 이러한 노준의의 밑에서 가르침을 받았으니 연청이 훌륭하게 자라난 것은 당연한 일이었다. 나이가 차자 그는 자신을 길러 준 노준의를 섬기기로 맹세하고서 그의 밑에서 일하기 시작했었다.

그러던 어느 날, 노준의는 점술가로부터 험난할 상이라는 이야기를 듣고, 액땜을 하기 위해서 남방으로 여행을 떠나게 되었다.

이때 이고(李固)라는 노준의 아래의 다른 하인이 노준의의 처와 간통을 하고 있었다.

이고는 노준의가 남쪽으로 떠나간 사이 노준의를 관가에 무고하였고, 이 사실을 알게 된 연청은 남쪽으로 말을 내달려 주인을 찾아서 이고가 노준의를 모함하려 한다는 것과 안주인이 이고와 부정한 관계라는 사실을 알렸다.

그러나 노준의는 처음에 이를 믿지 않았다.

오히려 연청을 꾸짖으며 무슨 이유에서 이고와 자신의 처를 모함하느냐고 했을 정도였다.

노준의는 부득불 우기며 대명부로 돌아와서 무고한 혐의를 뒤집어쓰고 감옥에 갇히고 말았다.

연청은 주인을 구하기 위해 다시 대명부 성내로 들어와서, 여기저기 주인을 구할 방도를 알아보고 다니다가 이고가 옥리에게 뇌물을 주며 노준의를 호송할 때에 처단해 줄 것을 의뢰하는 장면을 보게 되었다.

중죄인으로 호송되는 노준의를 이고는 뒤쫓아서 그를 호송하는 자들을 죽이고 노준의를 구출해 냈다.

그 뒤로 아버지 연청은 노준의의 자금과 자신의 재능을 빌려서 여기저기서 어려운 자들을 돕고, 간악한 자들을 벌하고 다니는 이른바 협객의 삶을 살아간 모양이었다.

강북(江北) 각처에 연청의 명성이 알려지게 되자, 어머니인 개봉부의 이름난 예기(藝妓) 이사사(李師師)와도 연이 닿게 되었다.

연청은 본래 무술뿐만 아니라 금(琴)과 피리에도 능하고, 시도 잘 지었으므로 곧 이사사와 죽이 잘 맞게 되었다.

그녀는 어느새 연청을 사모하게 되었으나, 워낙 장안에 이름이 드높은 아름다운 기생이었기에 개봉의 황제가 궁으로 들이고자 한다는 말이 나오게 되었다.

이사사는 종래에는 자결까지 각오하고 있었으나, 이때에 예기치 않게 정강의 변이 일어나게 되었으니 나라가 위태한 지경에까지 이르게 된 것이었다.

노준의는 사재를 털어서 병사를 일으켜 금나라에 저항하였다.

연청은 간신히 몸을 빠져나와 개봉에서 황제를 지키고 금군을 막기 위해 힘을 보태려 왔으나, 이미 개봉이 함락된 것을 알게 되었다.

간신히 이사사만을 구출하여 개봉 근처의 정주(鄭州)에 숨어들었던 것이다.

그 뒤로는 끊임없는 방랑의 연속인 모양이었다. 두 사람은 어느덧 서로를 의지하고 살아가게 되었지만, 금나라의 지배하에 놓인 화북 지역의 사정은 좋지가 않았다.

남송으로 건너갈까도 생각해 보았지만, 여진인들의 지배 하에서 핍박받고 있는 화북의 사람들을 구제해야만 한다는 의무감이 연청과 이사사의 발목을 잡았다.

그렇게 흘러 다니다가 정착한 곳이 다시 옛 고향인 대명부였다.

이곳에서 두 사람은 마흔이 넘은 나이에 뒤늦게 늦둥이로 연유린을 보았다.

딸이 생기자 연청은 더 이상의 협객으로서의 삶은 살아가지 않기로 마음을 먹고, 검을 녹여서 쟁기를 만들었다.

낮에는 농사를 짓고, 밤에는 연유린을 가르치는 평범한 일상이었다.

그러나 결국에 사달이 나고 말았다. 지금의 금나라 황제 완안량이 찬탈을 통해 황제의 자리에 오르고 나서, 중도의 재건을 위해 인력을 동원하기 시작했던 것이다.

부당한 징발과 가혹한 세금이 부과된 것도 모자라서, 이제는 힘을 쓸 수 있는 나이의 남정이면 모두 징발해 중도에 새 도읍을 건설하는 일과 영제거의 운하를 정비하는 일에 징용하려 했던 것이다.

연청은 진심으로 분개해서 다른 뜻을 같이 하는 사람들과 함께 이러한 일에 저항을 했다.

그러나 그는 예전에 비해 늙었고 나이가 들었으며,

금나라라는 거대한 제국은 몇 명의 힘으로 대항해 볼 수 있는 것이 아니었다.

그렇게 연청은 마지막으로 반기를 치켜들었다가 결국은 죽음을 맞이하게 되었던 것이다.

그 와중에 관군들이 집에 들이닥쳐 역도의 처자식이라 하여 이사사와 연유린을 관기로 만들려고 했다. 이사사는 목숨을 끊어 버렸고, 연유린은 간신히 탈출하여 그때부터 떠돌게 되었던 것이다.

'그때부터 금 황제를 원수로 삼고 평생 복수하기로 했는데, 그냥 한 여자로서는 너무 힘이 없고 할 수 있는 일이 없어서 결국에 이런 처지가 되었구나.'

아버지에게 무술을 배웠다고는 하지만, 여자의 몸으로 금위군(禁衛軍)이 되어 기회를 볼 수 있는 것도 아니고, 피붙이 없이 먹고 사는 것도 고단했다.

그러나 연유린은 포기하지 않았다.

낮에는 아버지에게 배운 금을 타서 돈을 벌고, 그림도 그려다가 팔았다. 다행히도 제 한 몸을 지킬 정도는 차고도 넘치는 무위(武威)가 있어서 크게 곤혹스러운 일은 겪지 않았다.

그러나 여전히 배는 주렸고, 황제를 처결할 가망은

없었다.

그러던 가운데 개봉에 여러 나라의 사절들이 들어왔다는 이야기를 듣고, 그들이 무슨 물건을 내놓았나 보러 저잣거리에 나갔다가 정민과 야리웅이 접선하는 것을 보았던 것이다.

시력이 좋은 그녀는 눈을 흘겨서 그들이 필담을 나누는 내용을 대충 보았고, 그들이 다시 중모에서 만나기로 한 것을 확인하고서는 그곳에 가서 이들이 나타나기만을 기다렸던 것이다.

금 황제를 곤란하게 만드는 일을 하려 한다는 직감이 있었고, 아마 시해를 모의하는 것이 아닐까 추측을 나름 연유린은 해 보았다.

그래서 어떻게든 이들에게 정보를 얻어서 그때에 자기의 복수도 완성할 계획이었는데, 결과는 보기 좋게 이렇게 정민에게 붙잡혀 감옥에 갇혀 있게 된 것이었다.

봄이 되었다고 하지만 옥사는 여전히 찬바람이 벽을 타 넘어 들어오고, 이부자리는커녕 돌바닥에 몸을 그냥 뉘여야 하는 상황이라 벌써부터 체력이 잔뜩 소진되고 있었다.

전혀 죽이려는 의도는 없고 단순히 겁만 주려고 했었던 것인데, 결과적으로는 사절을 암살하려는 계획이 있었던 꼴이 되었으니 누구에게 탓을 할 수도 없었다.

'휴……. 아버지, 어머니, 못난 딸이 결국에는 복수를 못 이루게 될 것 같아요.'

연유린은 양친을 생각하며 무릎 사이에 얼굴을 파묻고 울었다.

어쩌면 평생 이곳에 갇혀서 빛을 보지도 못하고 살아야 할지도 모른다고 생각하니, 몸이 오슬오슬하면서 비참한 기분이 들었다.

"아직 멀쩡한 걸 보니 별로 그렇게 고생스럽지는 않나 봐?"

연유린은 갑자기 옥문이 열리며 들린 목소리에 화들짝 놀라서 올려다보았다.

빛이 잘 들지 않아서 그 얼굴이 잘 보이지 않았으나 연유리는 그녀가 누구인지 한 번에 알아볼 수 있었다. 자신이 요양에 끌려와 갇히게 된 첫날, 자신을 찾아와서 뺨을 때린 뒤 으르고 간 사람이었다.

"뭐, 뭘 원하는 거예요?"

"내가 원하는 건 이미 이틀 전 다녀갔을 때 이야기

했을 텐데."

그녀, 다르발지는 무릎을 쪼그려서 앉으며 연유린의 시선 높이에 맞추면서 말했다.

"그, 그냥……. 그러니까 금 황제의 하수인들은 아닌 거죠?"

"우리가 완안량의?"

"예, 황제의."

"그게 뭐가 중요하지?"

다르발지의 말에 연유린의 낯빛이 어두워졌다. 아닐 거라고는 생각하지만, 만약 이 여자나 정민이나 다른 사람들이 황제의 하수인들이라면, 자신이 황제에게 복수하려 한다고 말 할 경우에 당장 반역죄로 고문하고 죽일 수도 있는 노릇이었다.

물론 그럴 것 같다고 생각은 하지 않았지만, 이 여자, 다르발지가 완전한 여진말로 심문을 해 오자 불안 감이 다시 증폭되었다. 꼭 옳은 생각은 아니지만 그래도 여진사람들은 황제의 편이라는 인식이 연유린에게는 있는 것이었다.

"너는 이제 두 가지 선택지가 있어. 여기 요양의 옥에서 평생 갇혀 살거나, 우리 손에 고려로 끌려가서 온갖 심문을 받고 죄를 토해 내는 거."

다르발지가 연유린의 고개를 손으로 잡아서 들어 올리며 말했다.

연유린은 담담하게 강해지려 했지만, 저도 모르게 고개가 파르르 떨리는 것은 어쩔 수 없었다.

지금 자신이 약자의 위치에 있다는 사실은 누구보다도 명확하게 실감하고 있었기 때문이었다.

"황제를 죽이고 싶었어요. 그런데 그 고려 사신이 다른 나라 사신들과 황제를 해하려 모의하는 줄 알고 협박을 좀 해서 함께 움직이려 했던 것뿐이에요."

연유린은 눈을 질끈 감고 대답했다.

차라리 반역죄로 걸린다면 빨리 목이 잘리고 끝나면 그만이었다.

평생 감옥에서 산다든가, 한 번도 가 보지 못한 타국으로 끌려가 그곳에서 처벌당하는 것은 원하지 않았다.

"흐음…… 그래? 그런데 너야말로 황제의 간자가 아니라는 증거가 있을까?"

"내, 내가요? 절대로, 절대로 아녜요. 우리 아버지 연청은 황제에게 반역하여 결국 죽게 되었고, 어머니는 관기로 끌려갈 상황이 되자 자결했어요. 그런데 내가,

내가, 무슨 이유로 황제를 섬긴단 말인가요?!"

연유린은 그간 쌓여 온 울분을 다 토해 내듯이 소리
를 쳤다.

다르발지는 살짝 눈을 찌푸리고서는 그녀의 어깨를
힘을 주어 눌러 더 이상 소리를 지르지 못하게 했다.

"연청이란 이름은 들어 본 것 같기도 하고, 들어 보
지 못한 것 같기도 한데. 그래서 너는 결과적으로 황제
의 사람은 아니라는 거고. 그럼 다른 사람을 위해서 일
하나?"

"그런 사람 없어요."

연유린은 단호하게 대답했다. 다르발지는 더 이상 묻
지 않고, 대답도 해 주지 않고 자리에서 일어났다.

"저는 이제 어떻게 되는 건가요?"

연유린은 등을 돌리고 나서는 다르발지에게 외쳐 물
었지만 돌아오는 대답은 없었다.

"완안량이 남정을 몇 달 안으로 개시할 것은 기정사
실이오. 이곳 요양에도 얼마 전에 추가로 병력을 뽑아

올리라는 칙령이 내려왔소. 우리는 병력을 모으기는 할 것이나 그 병력은 완안량을 위해 싸우게 되지는 않을 것이오."

다르발지가 연유린을 심문하는 동안, 정민은 갈왕 완안옹과 독대를 하고 있었다.

다른 곳에서는 아마 이석이 최유청을 대접하고 있을 터였다.

완안옹은 자신의 협상 상대로 최유청이 아닌 정민을 선택한 셈이었는데, 그의 예리한 눈이 실제로 무언가를 움직일 능력이 명목상의 상관인 최유청 보다 정민에게 있음을 파악했기 때문이었다.

"그 병력들이 황제의 후위를 급습하는 데 사용되겠군요."

"그렇소. 다만 이 금나라에 지금 황제의 위에 앉은 자는 없소이다. 그 점만 알아주시오."

완안옹은 이제 완안량을 황제로 인정하지 않고 있었다.

그는 이제 이 제국에는 적법한 계승자로서 보위에 앉은 자가 없다는 입장을 견지하기 시작한 것이었다.

조만간 갈왕 완안옹이 황제를 치기 위해 거병하면서

왕의 아침

새로운 황제로의 즉위를 선언할 것이라는 것은 요양의 정가에서는 공공연한 비밀이었다.

완안옹은 이제 거기서 한 걸음 더 나아가, 이제 고려 사신단까지 안전히 요양 경내로 들어왔으며, 빠르면 내달에는 황제가 진군을 시작할 것이라는 확신까지 가지게 되자, 더 이상 반역의 사실을 숨죽이지 않을 작정이었다.

"혹여 완안량이 송나라를 치기 직전에 이 사실을 알고 군대를 돌려 요양으로 향한다면 어쩌실 작정이십니까?"

"상관없소. 남송의 정치인들이 머저리라고는 하나 이미 텅텅 빈 황제의 후방을 구경만 하고 있다면 그것은 그것대로 바보들이겠지. 완안량이 혹여 송나라와 화의를 확실히 굳힌 다음에 나만을 치기 위해 그 백만 병력을 모두 요양으로 끌고 온다고 합시다. 그런 재기가 발휘될 사람이라면 지금이 아니라도 언제고 나를 구렁텅이로 몰아넣고 해하려 할 것이오. 어차피 돌이킬 수 없는 일이 되었으니 이제 두려울 것이 없소. 그저 하늘이 헤아려 주시기를 바라는 수밖에."

완안옹은 반정에 성공을 할 생각이었지만, 실패를 할

것도 각오는 하고 있었다.

정민은 그의 눈에 서린 결의를 보고서 뭐라고 더 따져 묻지 못했다.

사실 정민 입장에서도 마음이 편하기만 하지는 않았다.

이것은 굳이 따지자면 남의 일이지만, 사실 잘 들여다보면 정민의 일이기도 했다.

만약 완안옹이 실패를 한다고 치자, 그다음에 황제가 이 사실을 알게 되고 관련한 내용들을 추국하기 시작한다면 결국 고려 사신단의 이름이 다시 오르락내리락 하지 않을 수 없었다.

황제가 고려 임금에게 그 책임을 물으라 하면 임금은 신이 나서 칼을 휘두를 것이다.

물론 그 결과는 정민으로서는 추호도 바라지 않는 것이었다.

"반드시 성공하셔야 합니다. 말씀 드리겠지만 금뿐만 아니라 다른 삼국의 명운 또한 전하의 거병에 달렸습니다."

"남송과 서하의 사신들을 만났다고는 들었소."

"각기 저와 마찬가지로 나라 전체를 대변하는 자들이

아닙니다. 다만 적어도 확실히 말씀 드릴 수 있는 것은, 서하나 남송에도 전하의 이익과 합치하는 자들이 충분히 있다는 사실입니다. 이 일이 성공하기를 저희는 간접적으로 도울 것이고, 성공한다면 그 공은 전하께 돌리고 그 열매만 조금 나누어 가질 것입니다."

"나는 대금의 황제가 될 것이오. 그런 것은 어렵지 않소."

완안옹은 단호하게 말했다.

"저 또한 고려에서 마땅히 도울 수 있는 일들을 찾아보겠습니다."

"완안량이 병력을 요구했다고 들었는데?"

"그렇습니다. 다만 고려로 귀국하면 차일피일 시간을 끌어 마무리 될 때까지 병력을 보내지 않을 생각입니다."

"아니오. 차라리 그 병력을 이끌고 내게로 보내시오."

완안옹의 제안에 정민은 어안이 벙벙해졌다.

"제게 그렇게 할 직권이 없습니다."

"만약 귀공이나 귀공 측의 사람이 병력을 지휘할 수 없을 것 같거든, 어떻게든 무마시켜서 병력을 보내지

말 것이며, 만약 귀공 측이 병력을 지휘를 할 수 있을
것 같거든, 어떻게든 병력을 꾸려 국경을 넘어 우리에
게 투항하시오. 일이 다 잘 마무리 된다면 후속 조치는
내가 다 맡아서 처리해 주리다. 고려의 임금이 여기에
이의를 제기하겠소? 속일 필요가 있다면 고려 임금도
속이시오."

"하오나 전하."

"이 정도는 되어야 같은 패를 탔다고 나로서도 안전
하게 믿지 않겠소이까?"

완안옹의 말에 정민은 무어라 대답해야 할지 난감했
다.

확실히 이제는 한 발짝 물러서서 관망한 다음에 실익
만 챙기면 된다고 생각하고 있었던 정민이었다.

그러나 이제 완안옹은 직접 뛰어들 것을 요구하고 있
었다. 아차 싶으면서도 정민은 이것을 피할 수 없다면
다른 부대 조건을 받아 내야겠다는 생각이 들었다.

"갈라전의 포구 하나, 그리고 압록강 국경 연선에 무
역을 할 읍시(邑市) 하나, 그리고 산동(山東) 등주(登
州)에서 독점적으로 금과 고려 사이의 거래를 할 수 있
는 권리를 주십시오. 발생하는 이윤의 삼 할은 세금으

로 바치도록 하겠습니다."

"삼 할을 세금으로?"

완안옹이 흥미를 보였다. 장사를 통한 거래에서 발생하는 이윤에 세금을 물린다는 개념 자체가 그다지 일반적이지 않은 시대였다.

만약 정부에서 금화를 주조한다면 금의 함량을 낮추어 그사이에서 발생하는 차이로 이윤을 남기거나, 아니면 국가 전매 품목을 지정하고 이 품목을 팔아서 남기는 것을 조정 예산에 귀속시키거나 하는 것이 경제와 관련하여 국가가 재정을 확보하는 방식이었다.

이러한 간접적인 조세 부여를 하는 이유는 역시 국가가 사적인 거래 모두를 감독하고 관리할 수단이 없기 때문이었다.

그런데 거래를 할 장소를 내주면 독점을 하는 대신 세금을 내겠다고 한다.

이러한 조건은 완안옹의 입장에서도 나쁘지 않은 것이었다.

지금으로서는 반정의 성공 여부를 알 수 없으니 그저 공허한 약속이겠으나, 성공 이후의 잡음을 방지하기 위해서라도 이러한 조건들은 이야기 해야만 했다.

"좋소. 그런 것은 어렵지 않게 허락할 수 있소. 그리고 또 원하는 것이 있소?"

"허가를 받은 상인들에 한해서 금나라 내륙을 여행하고 상행할 수 있는 권리를 주십시오."

"한 해에 100명으로 제한하도록 하겠소."

"좋습니다."

"그대는 고려를 위해서는 내게 요구하는 것이 없고, 모두 공의 장사 일에 관해서만 이야기 하고 있는 것 같소."

"물건을 사고 파는 것이 나라의 근간입니다, 전하."

"처음 들어 보는 주장이로군."

완안옹은 별난 사람을 보겠다는 투로 말했다. 어쨌든 완안옹 입장에서도 만족스러운 거래라 할 수 있었다.

고려의 병력을 지원받는다는 것은 후방을 안전하게 하는 것 이상으로, 후방을 위협할 수 있는 자원마저도 내 것으로 끌어다 쓰게 된다는 중요한 의미가 있었다.

설사 고려군이 실제 전선에 투입되지 않아도, 그 존재 자체만으로 줄 수 있는 함의가 있는 것이었다.

그것이 성공한다면, 그 대가로 장사를 할 수 있는 장소 몇 군데 열어 주고 내륙을 통행하게 해 주는 것 자체가 완안옹의 생각에 있어서는 큰 문젯거리가 아니었다.

만약 부작용이 생긴다면 그때 가서 금지를 시키면 될 일이었다.

"최선을 다해 보도록 하겠습니다, 전하."

"이제 이틀 뒤에는 귀국로에 오르신다고 하셨소?"

"금나라에 너무 지나치게 오래 있었던 것 같습니다. 이제는 고향이 그립습니다."

"이래저래 일이 많기는 했소이다."

"전하의 은혜 덕분에 크게 다치지 않고 오히려 일이 잘 풀리게 되었습니다."

"또 조만간 보겠소이다. 꼭 고려군을 이끌고 와 주시오."

"노력해 보겠습니다."

정민은 완안옹이 따라 주는 술을 받아 마시고서는 그렇게 대답했다.

정민은 완안옹이 제시하는 대가를 받아 내기 위해서라도 꼭 일을 성공시킬 생각이었다.

세 곳의 장시를 손에 넣어서 무역을 독점한다는 것은 단순히 어마어마한 이윤을 남겨 줄 뿐만 아니라, 앞으로 정민이 그리고 있는 동아시아의 무역 질서에 있어서 아주 중요한 축 하나를 틀어쥐게 된다는 것이나 마찬가지였다.

남송으로 들고 나는 무역을 지금 집어삼키는 것은 불가능할뿐더러, 지금의 정민으로서는 감당할 능력도 되지 않았다.

그러나 앞으로 고려의 상권을 손에 넣고, 금나라를 간접적으로 통제할 능력까지 된다면, 이를 통해서 일본 및 남송을 서서히 잠식해 들어갈 수 있었다.

정민은 이제 고려 왕조로부터 정치적으로 어느 정도 자율성을 가지는 해상무역 세력을 건설할 생각을 갖게 되었다.

복잡한 정치 제도에서 벗어나서 독립성을 확보하고, 금권으로 그것을 보호한다는 것이 생각의 골자였다.

정민은 이제 그것이 어느 정도 불가능하지만은 않다는 계산이 섰다. 그리고 이를 위해서는 고려를 보다 봉건제적인 형태로 권력을 찢어 놓을 필요가 있었으며, 여러 거대 국가들의 무역 거래를 교묘하게 움직여 자신의 앞으로 끌어올 수 있어야 했다.

이번 사태를 거치면서 고려 안에서의 정치적 배분을

늘리고, 금나라로부터 이러한 특혜를 얻어 낼 수 있다면 정민은 꿈에 한 발짝 더 다가가게 될 것이었다.

이를 위해서라면 완안옹과의 관계는 이제 보다 더 긴밀하게 될 필요가 있었다.

정민은 지난했던 이번 사행길이 결국에는 이득으로 남게 되었다는 생각이 들자, 얼굴에서 미소가 절로 떠올랐다.

이제부터 진짜 싸움이 시작될 것이었다.

제31장
귀향(歸鄕)

음력 2월 5일. 사절단은 드디어 요양을 출발해 귀국로에 올랐다.

그동안 몸을 충분히 회복한 김정명을 비롯해, 이번에는 다르발지와 조인영까지 대동한 채였다.

그리고 여전히 포승줄에 묶인 채인 연유린도 그 가운데에 있었다.

그사이 다르발지는 연유린에게 더 정보를 캐낼 수 있었고, 정민은 다르발지로부터 그 내용을 전해 듣고서적어도 지금으로서는 별로 위험한 인물이 아니라고 판단을 내렸다.

그러나 혹여 모를 일에 대비해 아예 고려 땅으로 끌고 가기로 결정을 한 것이었다.

말도 통하지 않고 아는 사람도 없는 곳에 잡혀서 있으면 그녀로서도 무슨 일을 꾸미고 싶더라도 할 수 없을 것이라는 판단에서였다.

습격을 했다고는 하지만 악질적인 의도가 확실한 것도 아닌 상황에서 목숨을 거둔다거나, 요양성 옥사에 기약 없이 가둬 두는 것도 할 짓은 못 된다고 판단하기도 했다.

조인영은 결국에는 고려로 따라 들어가기로 결정했다.

그녀로서는 지금 그것 외에는 별로 생각할 수 있는 대안이 없기도 했다.

아직까지 그녀가 어떤 방향으로 살아가게 될지는 알 수 없는 노릇이었으나, 일단은 금나라에 남아 있을 수는 없었다.

고려로 가게 된다고 뾰족한 수가 생기는 것은 아니었지만 말이다. 그리고 다르발지의 은밀한 제안이 있기도 했다.

"말이 나온 김에 아주 상공에게 너도 시집을 오는 것

이 어떠니?"

"예?"

"상공 정도면 아주 차고 넘치는 남자야. 너도 그건
알 텐데."

"언니…… 그래도 무슨……."

요양성을 출발하기 전날 밤, 다르발지는 조인영을 찾
아가서 살짝 굳은 얼굴로 이야기를 꺼냈다.

조인영은 처음에는 농이라도 하는 줄 알았다. 그런데
다르발지의 표정이 진지한 것을 보고 어떻게 반응해야
할지 몰라서 안절부절 하기 시작했다.

"나는 고려에 아는 사람이 없어. 그리고 신분도 상공
과는 맞지 않아. 그리고 듣자하니 상공은 왕족의 딸을
정혼자로 고려 왕경에 두고 있다고 하시더라. 내가 아
무리 가슴이 단단하다고 하더라도 이런 상황에서 혼자
서는 헤쳐 나가기 어려운 상황이 반드시 올 거야. 무슨
말인지 알겠니?"

"저도 같은 집안에 들어가 언니를 도와달라는 이야기
시군요."

조인영은 기본적으로 머리가 좋은 여자였다. 다르발
지가 말하는 바를 금방 알아들었다.

다르발지는 조인영의 말에 고개를 끄덕이며 그녀의 볼을 쓰다듬었다.

"상공은 지금 네게는 전혀 관심이 없으신 듯 보이지만, 앞으로는 네가 하기 나름이겠지. 그리고 솔직히 상공이라면 꽤나 괜찮은 신랑감 아니니?"

"그, 그렇지만……."

조인영은 갑자기 얼굴이 확 달아올라 고개를 푹 숙였다.

정민과 함께 있으면 괜히 무슨 말을 해야 할지 모르겠고, 탄탄한 어깨가 벌어진 뒷모습과 잘생긴 외모에 자꾸 눈길이 멈추는 것도 사실이었다.

그러나 결혼이라니, 꿈에도 생각해 본 적이 없었다.

갑자기 거기에 생각이 이르자, 조인영은 머리가 조금 멍해졌다.

그녀는 간신히 이성을 차리고 다르발지에게 되묻는다.

"그렇지만, 여자로서 언니는 형부의 여자가 늘어나는 것이 괜찮으세요?"

조인영의 말에 다르발지의 표정이 차게 식었다.

"당연히 아니지. 그럴 리가 있겠니? 할 수만 있다면

나는 상공을 세상에서 떼어 놓고 나와 같이 도망치게 해서 둘이서만 살아가고 싶어. 그런데 그게 과연 상공을 위한 일일까?"

"……."

"그래서 그럴 수가 없어. 앞으로 큰 사람이 되실 분이 처첩을 늘린다고 막을 방법도 없어. 혼인이 정략적으로 필요하다면 나는 그렇게 하라고 오히려 권할 거야. 그러나 적어도 나는 상공의 곁에서 누구보다 오래 머물고 싶어. 그렇기 위해서 희생을 다소 감수하는 거야. 그리고 굳이 그런 희생을 해야 한다면 차라리 너라면 좋겠다는 이야기지. 알겠니?"

"언니……."

"너에게도 나쁜 제안은 아닐 거야. 물론 네가 남송으로 건너간다면 그곳의 황족들이 너에게 더 좋은 혼처를 제안해 줄 수도 있어. 그러나 거기까지일 거다. 세상 어딜 가도 신분이 좋고 능력이 있으면서 처첩을 여럿 거느리지 않는 경우가 없으니. 오히려 차라리 기대고 살아갈 수 있는 내가 있는 곳에 머무는 것도 나쁘지는 않을 거야. 더군다나, 자꾸 말하지만, 저렇게 잘생기고 마음이 깊은 남자도 드물어."

"일단 고려로 가면서 생각을 해 볼게요. 좀 천천히 대답 드려도 되지요?"

"그래, 긍정적으로 고려해 봐."

다르발지는 더 이상 조인영을 채근하지 않았다. 그녀로서도 절대로 즐겁고 편한 마음으로 그런 권유를 하는 것이 아니었다.

감정적으로라면 자기 남자를 다른 여자들과 공유하면서 살아가는 것을 받아들일 수는 없었다.

그러나 많은 것이 고려되어야만 했다.

애초에 당사자의 동의와는 무관한 원하지 않는 혼인 자체가 일반적이고, 처첩제가 당연시 되는 세상이었다.

고려는 국초로부터 첩을 두는 것을 허하지 않았으나, 그것은 처와 첩의 지위를 나누지 못하게 한 것일 뿐, 처의 수에 제한을 두는 것은 아니었다.

권력가 집안의 내당(內堂) 또한 하나의 살벌한 정치판으로서, 그곳의 여인들은 많은 결정을 내려야만 했다.

다르발지는 그런 면에서 일찌감치 자기 우군 하나를 빨리 만들어 두는 것이 좋겠다고 판단한 것이었다.

이러한 속을 알 길 없는 정민은 고려로 돌아가는 길

내내 어떻게 고려의 조정을 움직여서 병력을 내놓게 하고, 그것을 자신이나 아니면 최소한 자신이 믿을 수 있는 사람에게 맡기게 해서 완안옹에게 가져다줄지만 생각하고 있었다.

국경을 넘어서면서 정민은 이미 개경에서 모종의 일이 마무리되었음을 직감하고 있었고, 그것이 자신에게 유리하게 끝났을 것이라 확신하게 되었다.

만약 일이 좋지 않게 끝났더라면 이미 국경에 그들을 잡아들이기 위한 추포사가 보내져 있었을 터였다. 그것을 전제하고서 정민은 개경에 돌아가서 써야 할 수들을 생각하기 바빴던 것이다.

그렇게 서로 다른 생각들을 하면서 사절단은 서경까지 내려갔다. 그곳에는 개경에서 그들을 맞이하러 이미 오저군이 올라와 있었다.

"개경의 일은 이제 걱정하지 않으셔도 좋을 것 같습니다. 최포칭의 목이 베이고 일당들은 소탕이 되었습니다."

오저군의 넉넉한 웃음을 보고서 정민은 묵은 고민까지도 다 쓸려 나가는 기분이었다.

이제는 개경에 돌아가서 남은 것들을 마무리 지을 일

만 남았다.

❖　❖　❖

　정민과 최유청이 개경에 입경하여 가장 먼저 한 것은 임금을 찾아뵙고 금 황제의 국서를 전달함과 동시에 이번 사행의 일을 보고하는 것이었다.

　임금은 샐쭉한 표정으로 짧은 시간만 허락한 다음에 이들을 집으로 돌려보냈다.

　그러나 정민은 임금의 기가 빠진 모습에서 많은 것을 읽어 낼 수 있었다.

　'다시 궁중 내에서 자기 힘을 키우려 할 테지만, 지금은 날개가 모두 꺾인 상태로구나. 임금으로서도 당장 뾰족한 수가 보이지 않는 모양이다.'

　정민은 그 생각이 옳았음을 양부 정서와 만나 오랜만에 회포를 풀면서 확인할 수 있었다.

　"최포칭은 목이 베였고, 김순부도 마찬가지이다. 그들에게 줄을 대었던 귀족들도 이제 당분간은 궐내의 알력 다툼에 힘을 쓰기 힘들게 되었어. 무비와 왕광취, 백선연이니 하는 자들이 여전히 임금의 주변에서 얼쩡

거리고 있지만, 조정 대신들과의 결탁 없이는 이들이 쓸 수 있는 힘도 제한적이 되었다. 아마 금명 간에 김 돈중과 나, 그리고 사행에 다녀온 너와 최유청, 그리고 우리가 추천하는 사람들이 여러 관직들에 두루 앉게 될 것이다."

정서는 충분히 얻어 낼 만큼 얻어 냈다고 확신하고 있는 모양이었다. 그러나 정민으로서는 하나 더 얻어야만 했다.

"두 가지를 더 하셔야 합니다. 큰 공로가 없다고 하나 무신들에게도 벼슬을 올리고 은전을 내리게 하여 환심을 더욱 두텁게 사십시오. 그리고 임금으로 하여금 병력을 내어 금나라로 보내게 해야 합니다."

"금 황제의 국서에 관한 이야기는 들었다. 아마 병력을 내주면 남송을 치는 데 쓰려는 모양인데 그럴 필요가 있느냐?"

"저나 저희 사람이 이끌고 가면 요양의 갈왕 완안옹에게 투항할 생각입니다. 대강의 일은 오저군을 통해 들으셨겠습니다만, 완안옹은 지금 정변을 준비 중이고, 더불어 이 일을 도와줄 경우에 많은 혜택을 약속하였습니다. 국서를 핑계 대어 병력을 동원한 다음에 이것을 완안옹에게 가져가 우리 이익을 챙기는 것이지요."

"도성을 방비하는 핵심 병력은 안 될 것이다. 정중부 등이 지금 우리의 편이 되어 주고 있는데, 이들까지 차출된다면 어떤 위험에 노출되게 될지 몰라."

"물론이지요. 병졸 자체는 지나치게 오합지졸만 아니면 됩니다. 수가 그리 클 필요도 없습니다. 아마 갈왕 또한 원래 황제 완안량에게로 가야 할 고려의 원군이 자신에게 옴으로 인해서 정통성을 확보했다고 선전할 수 있는 기회를 노리려는 생각일 것입니다. 어디까지나 중요한 것은 명분이지, 실질이 아니지요."

"갈왕이 이기겠느냐?"

"그것은 알 수 없지요."

"그런데 그러한 위험에 우리가 굳이 발을 들이밀어야 할 이유가 있느냐? 암묵적인 연결이야 일이 그르게 되면 끊어 버리면 그만이지만, 병력을 들어다 바치는 것은 잘못되었을 경우에는 크게 경을 칠 일이다."

정서의 걱정에 정민은 잠시의 고민도 없이 대답을 했다.

"각장(榷場)을 세 곳에 열 것입니다. 갈라전, 등주, 그리고 압록강 건너편 파속로에 말입니다. 이 각장은 저희 정가(鄭家)가 독점할 수 있으며, 금 조정에 이윤의 삼 할을 바치기로 했습니다."

"시장을 세 곳에나 연다?"

정민의 말에 정서의 눈이 휘둥그레졌다. 각(榷)이라는 글자는 본래 전매(專賣)를 뜻하며, 곧 조정이 독점하여 판매하는 일이나 그에 관한 법(法)을 의미한다.

그러니 각장이란 바로 조정이 전매하는 물건을 파는 시장이란 뜻이다.

이러한 각장은 흔치 않았는데, 본래 북방왕조들과 송(宋)의 국경 사이에 설치되었던 시장으로, 이곳에서 무역과 세금 납부에 대하여 관리가 파견되어 감독을 했던 것이다.

각장을 설치하는 것은 곧 사거래에 세금을 물리기 쉬운 용이성 때문이었다. 나라가 강성할 때는 이것이 잘 이루어졌지만, 세태가 불안정하고 천하가 어수선하면 밀무역이 성행하고 각장을 통해 걷히는 세입은 추락하기 일쑤였다.

더군다나 이 각장에 들어오게 되면 아전(牙錢)이라 불리는 거간료까지 지불해야 하니 여러 가지 폐단이 있었다.

고려 또한 요나라와의 강화가 수립된 직후에 보주(保州, 現 평북 신의주)에 각장을 연 바 있었으나, 양국 관계가 악화됨에 따라 5년 만에 철폐되고 다시 설립되지 않았다.

그 뒤로 금나라와도 각장을 설치하지 않고 밀무역에 의존을 하고 있었던 것이다.

그런데 독점적으로 금나라와 무역을 할 수 있는 각장의 허가 건을 들고 정민이 찾아왔으니 정서로서도 놀랍지 않을 수 없는 것이다.

"그 약속을 믿을 수 있겠느냐?"

"완안옹이 해 주지 않을 이유가 없습니다. 그는 명분을 가져갈 것이고, 저희에게 대고려 무역을 맡기게 되면 앉은 자리에서 세금을 거둘 수 있습니다."

"잘 생각해야 한다. 지금 우리는 가까스로 최포칭을 몰아내고 정국의 주도권을 우리에게로 끌고 왔다. 아직은 불안한 시기야."

"그러나 이 천하의 권력을 김돈중이 언제까지고 나누어 가지려 할까요? 임금은 어떻습니까. 그는 언제고 다시 주도권을 빼앗아서 자기 정치를 하려 할 것입니다. 정중부는 어찌하실 생각이십니까? 그는 김돈중과 한 배를 탄 우리를 김돈중과의 악연에도 불구하고 잠시 믿고 지지해 주었지만, 약속대로 김돈중과 멀리하기 시작하지 않는다면 언제고 칼을 우리 등에 꽂으려 할 것입니다. 이제 해답은 하나밖에 없습니다. 파란은 예고되어 있고, 그 파란을 넘어서려면 우리 집안이 더욱 커지지 않으면 안 됩니다."

이번 사행길 동안 정민은 복중에 단단히 칼을 품고 왔다.

이미 그의 머릿속에서는 난세(亂世)의 그림이 펼쳐져 있었다.

그러나 그것은 단순히 이미 있는 권력과 자원을 놓고 다투기 위한 난세가 아니었다. 없는 것을 만들어 내고, 있는 것을 크게 만들기 위해 싸우는 난세가 되어야 했다.

당장에는 고려의 왕조를 갈아 치우고 보좌에 올라 절대적인 전제 통치를 할 수 있다는 등의 허황된 꿈을 꿀 수는 없었다.

그보다는 왕권을 사실상 형해(形骸)시킨 다음에 사방의 권력을 찢어 놓아 독립적인 영역들을 만들어야 했다.

사실상 봉건제로의 일시적인 회귀가 필요한 것이었
다.

그 찢어 놓은 틈바구니 속에서 정민은 성장할 생각이
었다.

그리고 그것이 마무리 되었을 때, 동아시아 바다의
모든 재물은 그의 손에서 움직이게 될 것이었다.

"너는 이제 날더러 선비가 아니라 정상(政商, 정치상
인)이 되라고 하는구나. 옳다, 그래야 한다면 그리해야
지. 우리에게는 어디까지나 도리보다는 살아남는 것이
우선이다."

정서는 단단히 결심을 한 듯, 말을 길게 끌지 않았
다.

다만 그는 우려하는 표정으로 정민에게 다른 것을 물
어 왔다.

"네가 내게는 이야기 없이 갈라전에서 처를 들여서
이번에 데리고 왔다는 말이 있던데. 어떻게 된 것이
냐?"

"사실입니다. 부부의 연을 맺은 여인이 있습니다."

정민의 대답에 고개를 내저었다.

"아직 혼인을 한 것이 아니다. 첫 혼인은 마땅히 연

이 아가씨가 되어야 한다. 그것이 허락의 조건이다. 알겠느냐?"

정민은 정서의 말에 잠시 가슴이 답답해졌다.

정민이 무어라 대꾸를 하려 하자, 정서는 그의 말을 잘랐다.

"연이 아가씨의 나이가 이제 열일곱이시다. 더 이상 혼례를 미룰 수 없는 나이가 되었다. 너 또한 이제 스물넷이 아니냐. 내일은 일찌감치 대령후저에 들러서 인사를 여쭙고 아가씨도 뵙고 오거라."

정서의 말은 요컨대 간단했다. 다르발지를 정식으로 들이고 싶다면, 무조건 왕연과 혼례를 치르고 오라는 이야기였다.

정서가 양보할 수 있는 최대치였다. 정민은 혼자서 이 문제를 결정할 수 없는 것이 답답했지만, 정서의 입장을 고려해 주어야만 했다.

그는 고려 귀족이었으며, 정민과 같이 넓게 개방된 경험을 가진 사람이 아니었다. 더불어 사실상 이 세상에서 정민이 적응하고 포부를 펼칠 수 있도록 길을 닦아 준 사람이 아니던가.

하늘이 내린 것이 아니라 스스로 만든 연이라고는 하

나 어찌 되었든 또한 부자의 연이다. 정민으로서는 정서의 뜻을 존중해 줄 필요가 있었다.

"알겠습니다, 아버님."

"그래, 좋다. 그다음에는 네 뜻대로 처를 들이도록 하여라. 불만이 있더라도 지금은 그냥 넘겨라. 이제 얼마 지나지 않아 너는 나를 넘어서서 아무도 제약할 수 없는 세상에서 네 뜻을 펼쳐 나가게 될 것이다. 그러나 그때까지 그 길에 돌멩이 하나 없도록 왕도를 닦아 주는 일은 내가 해야 할 것이다. 알겠느냐? 나는 왕도(王道)라고 하였다."

정서의 말에 정민의 눈이 휘둥그레졌다.

"그것이 무슨 말씀이십니까?"

"남에는 신룡(神龍), 동에는 황룡(黃龍), 북에는 교룡(蛟龍)이란 도참(圖讖)이 흘러 다니는 모양이더구나. 나는 그러한 허황된 잡설은 믿지 않는다. 세상에 예언 같은 것은 없다고 생각한다. 그러나 사람들이 그것을 믿는다면, 그것이 사실이 되도록 만들어 주는 힘이 생기지. 나는 너를 신룡으로 만들 것이다."

정서는 덤덤한 어조로 그렇게 말 하고서 정민을 물려보냈다.

정민은 살이 떨리는 듯한 기분에 나와서도 갑자기 오한이 드는 것 같았다.

정신을 문득 차리고 보니 진짜 전쟁터에 나와 있다는 기분이 들었다.

검과 도가 오고 가는 그런 전쟁터가 아니라, 말과 책략이 오고 가는 그런 전쟁터 말이다.

언제고 등에 칼이 꽂혀도 이상하지 않은 그런 날이 당분간 계속될 것이다.

그리고 그것이 지나가면, 무엇이 펼쳐져 있게 될지 정민 스스로도 자신할 수는 없었다.

그러나 지금으로서는 그 길을 가야만 했다.

정서가 말한 왕도(王道)를.

❖ ❖ ❖

대령후 왕경은 그간 정치의 한복판에 휘말리지 않기 위해 은인자중(隱忍自重)의 삶을 살고 있었다.

동생인 익양후의 모반사건과 함께 정서가 정계로 복귀하면서, 덩달아 사면을 받긴 했으나 여전히 사실상 거처만 개경으로 옮겼을 뿐 유폐 상태와 크게 다르지 않았다.

그런데 최근 들어 그는 운신의 폭이 점차 넓어질 것을 직감하고 있었다.

혹여 모를 누설을 피하기 위해 정서가 언질을 주지는 않았으나, 최포칭이 국문 당하고 죽었다는 소식을 듣고서는 점차 시류가 변하고 있음을 직감했던 것이다.

혹여 정서가 이제 와서 자신을 내치고 거리를 두지 않을까 조금은 두려웠던 대령후였으나, 정민이 귀국과 동시에 자신을 찾아 방문하겠다고 하자 그 의심마저도 눈 녹듯이 사라졌다.

아직은 조심해야 할 때이지만, 앞날을 위해서라도 이 결속이 절대로 깨어져서는 안 될 일이었다.

대경후는 작심을 하고, 그간 왕궁에서 출입을 삼가고 있던 모후를 뵈셨다. 임 태후는 대경후의 은밀한 초청을 받고서, 궁중에 출입하는 여인으로 변복하고 대령후의 저택을 찾았다.

그날이 바로 정민이 찾아오기로 약속한 날이었다.

"사윗감이 정 씨 집안의 아들이라지요?"

"예, 어머님. 올해 나이 스물넷으로 아직 혼인한 바가 없고, 외모가 헌앙하며 지모가 탁월합니다."

"연아를 고생시키지는 않겠고요?"

"그리 되어야지요. 왕족의 사위로 들어오는 일입니다. 동래 정 가에서도 마땅히 딸아이를 편케 할 것입니다."

대령후는 말을 아꼈다.

그의 입장에서 이 일은 정략혼의 추진이라고 할 수 있었다.

딸아이가 사위 될 사람을 마음에 안고 있으니 잘된 일이긴 했다.

그러나 지금으로서 대령후는 동래 정 씨가 없이는 앞으로 기약 없이 유폐 생활을 계속해야 할 판이니 아쉬운 것은 오히려 대령후 쪽이었다.

물론 대령후는 이 혼인 자체가 상호간에 이득이 되기를 기원하고 있었다. 정 씨 집안과 돈독한 관계를 지속하는 대가로 대령후가 지불할 수 있는 것은 바로 모후인 임 태후를 중심으로 한 파당 세력의 재조직과 동원이었다.

바로 지금의 임금이 깨기 위해 안달복달하여 대령후를 유배시키고 정서등을 파직하게 만들었던 바로 그 파당 말이다.

"지금 황상은 천둥벌거숭이 같은 무비와 고자들을 주변에 두고 바른 정치를 펴지 못하고 있어요. 제석(帝釋)께서 이런 꼴을 보고만 있지는 않을 것입니다. 황상이 올바른 꼴로 다스림을 행하기 위해서라도 이번의 혼사는 꼭 이루어져야 할 것이에요. 아시지요?"

"소자 또한 잘 알고 있습니다."

"황상은 시정잡배들을 믿고 곁에 둘 것이 아니라, 자기 핏줄과 충성심이 높은 오랜 신하들을 옆에 두셔야 합니다. 대령후께서도 이제는 황상의 믿을 수 있는 동생으로서 다시 자기 자리로 돌아가셔야지요. 그리고 정서는 그런 일에 힘을 실어 줄 수 있을 겁니다. 나는 정서를 잘 알아요. 내 누이가 정서와 혼인을 해서 오래 두고 보아 왔지요. 그는 명석하고 재주가 좋습니다. 자기 이익을 포기하지 않지만, 필요한 때에 제 몫을 나누어 남에게 베풀 줄도 알지요. 물론 그런 베풂은 대개 다시 언젠가 그에게 도움이 되어서 돌아옵니다. 그런 사람과 믿을 수 있는 관계를 유지한다는 것은 좋은 결과를 낳지요. 어미는 그리 믿습니다."

임 태후의 말에 대령후 또한 동의하고 있었다. 그 또한 정서와 알고 지낸지 오랜 사이였다.

적어도 정서는 어려운 시기에도 자신을 배신하지 않았다.

　앞으로 살아남고, 어쩌면 더 나아가기 위해서 정서는 꼭 붙들고 가야 할 사람이었다. 최유청 등등의 다른 조력자들도 있었지만 핵심은 정서였다.

　그것은 지금 정국만 보아도 그랬다. 다시는 복귀가 불가능할 것 같았던 개경으로의 귀환을 성공시킨 것이 바로 정서였다. 그 과정에서 김돈중이라는 혹을 달고 가게 되었지만, 적어도 그 전략은 지금까지 성공적이었다.

　대령후는 앞을 조금 점쳐 보았다. 이대로 정국이 흘러간다면, 결국 임금은 휘두를 수 있는 권력이 자꾸만 위축될 것이었다.

　권력은 나누어 가질 수 없으니 정서는 결국 김돈중과 대립각을 세우게 될 터인데, 그 와중에서 무신들의 향배가 중요했다.

　마지막은 칼을 쥔 자가 이길 수밖에 없었다. 이 무신들과의 연결은 십수 년 전부터 임 태후와 대령후가 공들여 오던 것이었다.

　그리고 지금도 정서가 그 역할을 잘 맡아서 해 주고

있었다. 대령후는 정서가 정중부 등과 이미 접촉한 사실을 알고 있었다.

그렇다면 마지막은 어떻게 될 것인가, 대령후는 그 생각을 하자 몸이 떨려 왔다. 오랫동안 보지 못했던 선인전이 머릿속에 떠올랐던 것이다.

대령후는 머릿속에서 그 그림을 애써 지우고 어머니를 바라보았다. 밖에서 종자가 외치는 소리가 들려왔기 때문이었다.

"합하, 아가씨와 예부 원외랑 정민이 입시(入侍)하였나이다."

"들라 하라."

대령후는 임 태후가 고개를 끄덕이자, 정민과 왕연을 사랑채로 들어오게 했다.

왕연은 다소곳이 무릎을 꿇고 앉았고, 정민은 대령후에게 절을 한 다음에 상석에 앉아 있는 여인에게도 절을 했다.

"내가 누군지 알고 절을 하시는 건가?"

정민이 전혀 당황하지 않고 절을 하는 것을 보고서 임 태후가 묻자 그는 공손하게 대답을 올렸다.

"대령후 합하의 웃전에 앉아 계실 수 있는 여인이시

라면 이 고려 땅에서 태후 폐하뿐이시지요."

"듣던 대로 재기가 바르구나. 가까이 와서 앉아라."

임 태후의 말에 정민은 무릎걸음으로 앞으로 나아가서 사람 한 명 정도가 누울 거리를 두고 앉았다. 임 태후는 만족스러운 웃음을 지으며 왕연과 정민에게 한 번씩 시선을 주었다.

"잘 어울리는 한 쌍이구나. 연이는 보지 못한 사이에 매우 아름다운 여인이 되었구나. 막 만개하는 배꽃 같구나. 신랑 될 이도 마찬가지다. 내가 살면서 보아 온 이들 가운데 단연 돋보인다."

임 태후의 감상은 진실했다. 그녀는 얼굴에 웃음이 떠오르는 것을 감출 수 없었다.

그녀는 고려 땅에서 이만한 성혼(成婚)도 없으리라 생각했다.

열일곱이 된 왕연은 이제 어린 티가 사라지고 매우 빼어나게 아름다운 여인으로 거듭나고 있었다.

정민은 이제 혼인을 할 나이가 넘어서기는 했으나, 여전히 젊은 기운이 넘쳐 날뿐더러 잘생기고 체격이 좋았다. 거기에 머리 또한 뛰어나고 야심도 있으니 남편감으로 손색이 없었다.

"금나라에서 가져온 비단과 향로, 그리고 옥합을 마당에 놓았습니다. 더불어 포도나무도 가져왔으니 심어 두고 관상하소서."

정민은 그렇잖아도 대령후를 통해서 임 태후에게 온갖 패물을 진상할 생각으로 물건을 실어 왔었다.

그런데 때마침 임 태후가 대령후저에 나와 있으니 잘된 일이었다.

정민의 태도가 마음에 들었는지 임 태후는 넉넉한 웃음으로 화답해 왔다.

"잘되었다. 그대가 예를 아는구나."

임 태후의 칭찬에 정민은 마음이 조금 편해졌다. 지금 정 씨 집안의 약점을 굳이 들자면 궁중 내에 정통성 있는 지위에 있는 인맥이 약하다는 것이었다.

본래 임 태후와 긴밀한 연이 있었으나, 임금의 견제로 인해 고리를 유지하기가 어려웠었다. 그런데 이제 임금의 힘이 빠진 틈을 타서 다시 종래의 단단한 관계를 회복하고 국정에 이 권력을 투사할 수 있다면 부족한 것이 없을 터였다.

"대령후께서는 빠른 시일 내에 혼례를 치를 날을 잡도록 하세요. 날씨가 좋은 봄날이 지나가기 전이면 좋겠습니다."

"그리하겠습니다, 어머님."

대령후의 얼굴에도 만족스러운 미소가 떠올랐다. 왕연은 매우 부끄럽고 수줍게 앉아 있었으나, 그녀 또한 매우 행복해하는 것이 모든 이에게 느껴질 정도였다.

다만 정민만 공손한 미소를 지은 채로 속으로는 복잡한 계산을 하고 있었다. 왕연, 그리고 다르발지에 관해서.

정민은 앞으로 정치적인 이유 때문에라도 처를 여럿 거느리게 될 것을 잘 알고 있었다.

그러나 가정 내의 문제는 생각만큼 단순하지 않을 것이라는 것도 알았다.

젊고 아름다운 여인들을 맞아들여 처를 여럿 거느리게 된다면 행복할 것만 같지만, 실제로 그렇지는 않을 것이다. 한때의 수려함도 언젠가는 빛을 잃게 될 것이고, 내실의 처들이 서로 사이가 좋으리라는 보장도 없었다.

앞으로 어떠한 형태로든 권력을 더 얻게 된다면 어떻게 될 것인지는 자명했다. 정민이 최대한 이러한 것을 막으려 하겠지만, 내당(內堂)의 암투는 언젠가는 일어나게 될 것이었다.

그러나 정민으로서는 그것을 우려하면서도 혼인은 치르지 않을 수는 없었다.

고려에서의 삶에서 감수해야 할 부분 가운데 하나였다.

그리고 적어도 왕연에게는 마음이 가 있으니 적어도 억지로 해야 할 결혼은 아니었다.

"안타깝게도 비녀의 은장식이 깨어지고 말았구나. 그래도 덕분에 내가 무탈하게 돌아올 수 있었구나."

어른들에게 인사를 드린 다음에 정민은 왕연과 둘이 남게 되었다.

왕연은 이제 성숙한 여인의 분위기가 물씬 풍기고 있었다. 그녀는 검은 비단 너울을 머리 아래로 길게 드리우고 있었다.

비단 너울 사이로 언뜻언뜻 보이는 달고 아름다운 붉은 입술과 백옥 같은 피부가 정민의 시선을 잠시 붙잡았다.

"소녀는 그저 오라버니께서 돌아오신 것만으로도 행복하고 마음이 벅차요. 그리고 이제 오라버니 곁에서 머물며 함께 살아갈 수 있게 된 것도……. 꿈만 같은 걸요."

왕연은 속에 품고 있는 근심거리는 이야기 하지 않았
다.

정민과 정분을 나누었다는 그 여진족 여인 또한 정민
과 함께 개경에 들어왔다는 이야기를 하녀 적심을 통해
서 들어 알고 있었던 것이다.

집안 밖으로 출입을 삼가고 있는 왕연의 눈과 귀가
되어 주는 것이 적심이었다.

그러나 왕연은 그 정도는 감내하고 받아들일 수 있다
고 자기 자신을 다독이고 있었다.

어찌 되었든 신분으로 보나 무엇으로 보나 자신이 정
민의 정처(正妻)가 될 사실은 변하지 않는 것이다.
그녀는 마음을 독하게 집어먹었다. 생애 처음으로 해
보는 독한 결정이었다.

그것은 정민의 곁에 있기 위해서 감수해야 할 부분이
었다. 다른 곳에 시집을 가게 된다고 하더라도 고려 땅
에서는 비일비재할 일이었다.

차라리 그렇다면 스스로 택한 신랑감인 정민 곁에서
겪는 것이 나았다.

"그렇게 말 해 주니 고맙구나."

정민이라고 그 속을 다 헤아릴 수는 없는 노릇이다. 왕연의 따뜻한 미소를 보고서 정민은 속으로 조금 안심을 했다.

성격이 모나지 않은 왕연이었다. 뒷배가 되어 줄 집안도 무려 왕가였다. 자신에게 시집을 오더라도 고생은 하지 않을 것이었다.

정민은 그녀에게 순수하게 사랑을 내줄 자신은 있었다. 일단은 그것으로 괜찮을 것이라고 그는 생각했다.

"평생 제 곁에 있어 주시겠다고 약속을 꼭 해 주세요."

"열 번이라도 약속을 해 주마. 그리고 내가 죽는 날까지 약속을 지키겠다."

정민은 왕연을 품에 끌어안으며 말했다. 풋풋한 냄새보다 여인의 향기가 나는 것을 알고서 정민은 마음에 뜨거운 감정이 오르는 것을 느꼈다.

왕연은 머리를 한참을 정민의 품에 묻고 있다가 고개를 들어 정민의 얼굴을 보았다.

"벚꽃이 조금 있으면 피었다가 다시 지겠지요. 남녀 간의 정리도 그와 같이 쉽게 피었다가 질 수도 있겠지요. 그러나 결혼은 천륜이에요. 오라버니께서 그렇게만 생각해 주신다면……."

"그래, 무슨 말인지 잘 알겠다. 그렇게 하도록 할 것이다."

정민은 왕연의 볼을 살짝 쓰다듬으며 그렇게 말했다.

"하악……."

임금은 무비의 헐벗은 가슴을 거칠게 쓰다듬었다. 우악스러운 손길은 달콤하다기보다 매서웠으나, 무비는 헐떡이면서 교성을 뱉어 냈다.

임금은 며칠째 무비가 머물고 있는 곳에서 밖으로 나가지 않고 그녀를 탐하기만 했다. 밤도 따로 없고 낮도 따로 없었다.

웅크리고 앉아서 술을 입에 털어 넣다가 갑자기 치맛자락 밑으로 얼굴을 집어넣고 냄새를 맡고 핥기 시작하는 것이 예사였다.

"젠장맞을!"

그러나 이번은 조금 달랐다.

무비의 허리에 아슬아슬하게 걸쳐 있는 옷자락을 마

저 벗겨 내려고 우악스럽게 손으로 젖히던 임금이 표정을 급격히 굳히며 옆에 얼굴을 감싸며 털썩 주저앉은 것이었다.

"폐하, 무슨 걱정이라도 있으신지요……."

무비는 사실 임금이 무슨 걱정인지 잘 알고 있었다. 공들여서 힘을 실어 주었던 최포칭과 그와 손을 잡은 문반귀족들이 이번 사태 때문에 대부분 조정 내에서 권력을 잃고 말았다.

국서를 위조했다는 혐의가 걸려 있는 상황에서 임금으로서는 이들을 비호해 줄 수가 없었다.

이것을 비호했다가는 자신의 정통성 자체가 문제시될 수 있었다.

그러나 비호해 주지 않으면 임금이 조정에 투사할 수 있는 권력 자체가 급감 하게 되는 것이다.

임금은 결국 후자를 어렵게 선택할 수밖에 없었다. 그리고 이렇게 모욕감에 시달리며 국사를 내팽겨 치고 있었던 것이다.

"그놈, 정서와 김돈중이, 짐이 이루어 놓은 모든 것을 다 망치려 하고 있어. 이제 짐은 그놈들에게 높은 벼슬과 패물을 내리며 치하를 해야 하는데, 어찌 그리

할 수 있단 말인가? 감히 그놈들이 짐을 농간했는데!"

임금은 거친 숨을 몰아쉬면서 분노를 뱉어 냈다. 무비는 여전히 벗은 몸으로 그를 뒤에서 끌어안았다. 젖가슴을 일부러 등에 닿게 하면서 그녀는 임금의 귀에다가 속삭였다.

"언제나 그랬듯이 결국에는 폐하께옵서 모든 것을 가지게 되실 거예요. 잠시 조금 물러서는 것이라 생각하세요. 여전히 백선연이나 왕광취 같은 충신들이 폐하의 곁을 지키고 있고, 언제고 폐하가 부르면 달려올 문신들도 여전히 건재하지 않은가요? 잠시 정서와 김돈중에게 기쁨을 누리게 해 주세요. 그 어떠한 경우에도 폐하께서 이 나라의 군주라는 사실은 변하지 않지만, 그들의 벼슬과 재산은 쉽게 무너질 수 있는 것이지요."

"그렇게 생각하느냐?"

"당연하지요. 저는 폐하를 잘 알아요. 어느 누구와 견주어서도 재주가 뛰어나신 분이시지요. 보위에 오르신 뒤로 온갖 힘든 고비들이 있었음에도 결국 이 나라의 지존으로서 만백성 위에 군림하고 계시지 않은가요? 소첩은 그저 폐하의 용위를 볼 때마다 그저 감탄할 따름입니다. 보세요."

무비는 임금의 손을 자신의 아랫도리로 가져갔다. 손
끝에 습기가 느껴지자 임금은 거칠게 웃었다.

"그래, 그러하냐."

임금은 조금 기운을 차렸다. 그는 등을 돌려서 무비
를 안고서 목덜미에 입을 맞추었다.

그러나 무비는 고개를 저으며 다시 자신의 옷으로 몸
을 감싸 안았다.

임금의 어리둥절한 표정에 무비는 수줍게 고개를 저
으며 입을 열었다.

"이제는 등청하시어요. 폐하를 필요로 하는 것은 소
첩뿐이 아닙니다. 소첩은 언제고 이 자리에 있으니, 하
셔야 할 일들을 마무리 짓고 찾아오세요."

"그래, 네 말이 옳다."

임금은 조금 아쉬웠지만, 무비의 말이 옳다는 것은
누구보다도 자신이 잘 알고 있었다. 이럴 때일수록 움
직이지 않고 가만히 있으면 스스로 권력을 잃게 되는
것이다.

오히려 힘든 상황에서 더욱 능동적으로 움직여야 했
다. 잠시 잊고 있었을지 모르는 전략가로서의 자기 모

습을 되찾을 필요가 있었다.

용포를 다시 걸쳐 입고서 관을 정제한 다음에 임금은 내전을 나섰다.

'잠시의 즐거움일 것이다. 짐은 아직 젊고 치세는 한참을 남았다. 그리고 언젠가 너희의 어렵게 얻은 권력도 쇠하겠지. 그러나 왕통은 그리 무너지지 않을 것이다.'

섬돌을 내려가며 임금은 생각했다. 봄날의 따뜻한 바람이 몸을 감싸 안는 기분이 나쁘지 않았다. 다시 심중에 칼을 갈 때가 된 것이었다.

❖   ❖   ❖

최포칭 등에 대한 국서 위조 사건의 뒤처리가 마무리된 것은 2월 20일에 이르러서였다. 임금은 여러 차례 조례(朝禮)를 열어 백관을 모아 놓고 공훈을 가늠하였다.

최포칭이 앉아 있던 우승선(右承宣)의 자리는 김돈중에게 돌아갔으며, 정서는 이부상서(吏部尙書)에 벼슬을 제수 받았다.

이 외에도 여러 관직 이동이 있었으며, 금나라에 정사로 다녀왔던 최유청(崔惟淸)도 왕명을 출입하는 추밀원(樞密院)의 원사(院使)에 임명되었다.

정민 또한 벼슬이 올라 병부시랑(兵部侍郎)이 되었다.

스물넷에 정사품의 벼슬에 올랐으니 이런저런 말이 많았다.

물론 임금은 이것을 노리고 일부러 정민을 우대하는 시늉하며 벼슬을 올려준 것이었다. 본래 정서와 정민이 함께 생각하고 있는 것은 종오품 정도의 명목상의 벼슬로 한직에 나가는 것이었다.

그래서 운신의 폭을 조금 높이고, 잠재적인 적들의 견제도 낮추며, 그 뒤로 금나라에 병사를 내어 돕는 논의에 집중하려 했던 것이다.

그러나 임금이 공로가 높은 자에게 벼슬을 마땅히 높게 내리라며 길길이 화를 내어 미심쩍은 채로 벼슬을 받는 수밖에 없었다. 김정명 또한 이번에는 예부로 이동하여 정오품 낭중(郎中)에 제수되었다.

"금나라로 낼 병력은 양계(兩界)의 속병들을 위주로 2만 가량으로만 꾸리도록 하라. 이것을 이끌 자로는 이공승(李公升)을 행영병마도총사(行營兵馬都統使)에 임명하여 맡기도록 한다. 상장군 정중부는 양계의 병력을 이끌고 이에 참여하여 보좌하도록 하고, 병부시랑 정민이 이공승의 막하에 들어가 그 행무(行務)를 돌보도록 하라."

청주 출신의 이공승은 전형적인 문관이었다. 그는 깨끗하지도 않고 더럽지도 않았으며, 임금과 가까우면서 거리를 두었다.

편벽(偏僻)하여 시세의 조류를 따라서 빠르게 권력을 쥐는 길을 택하는 대신에, 좀 더 시간이 걸리더라도 안전하게 중도를 지키면서 자기 지위를 보존하는 길을 선호하는 사람이었다.

때문에 최포칭이 쓸려 나가는 판국에서도 몸을 다치지 않고 자리를 보존하고 있었으며, 예전의 익양후 사건 때도 그랬다.

더 거슬러 올라가면 일전 대령후 사건 때에 정서 등이 내쫓겨지던 때에도 조정에서 이공승의 자리는 다침이 없었다.

임금은 이공승에게 큰 신뢰를 주지 않았으나, 그렇다고 미워하거나 멀리하는 것도 아니었다.

임금은 금나라에 병력을 보내기로 결정한 이상 고민을 하지 않을 수 없었다.

실패하여 병력을 잔뜩 잃고 온다면 오히려 바랄 것이 없었다.

정서나 정민 등등에게 지휘를 맡기어 결국 실패의 책임을 물어 면책하면 되는 일이었다.

그러나 누가 보아도 파병이 성공적이라면, 임금은 오히려 자신의 목을 스스로 죄게 되는 선택을 하는 셈이었다. 때문에 임금은 교묘하게 이공승에게 책임질 일을 던져 주었다.

금나라 황제를 도와서 큰 공훈을 세운다면 이공승을 치하하면 되는 일이고, 만약 큰 손실을 입고 오히려 질책만 입어 돌아온다면 이공승을 잠시 물러앉게 하고 그 책임을 정중부와 정민에게 돌릴 수 있었다.

"임금이 머리를 썼구나."

정서는 골치 아파졌다는 시늉을 하며 정민에게 말했다. 정민 또한 임금의 속셈이 짐작 가는 바였다. 그러나 속으로는 꽤 나쁘지 않은 일이라고 계산이 되었다.

어떻게든 이공승을 속이거나 설득해서 요양의 완안옹에게 군세를 들어다 바치면 알아서 일이 굴러가게 될 것이었다.

'그런데 혹여 임금이 친위 쿠데타라도 시도한다면?'

아직 무신들과의 연대는 단단하지 않은 상황이었다. 이러한 가운데 주요한 연결 고리인 정중부를 금나라로의 파병에 임금이 참여시켜 버렸다. 금나라에 다시 나가 있는 사이에 임금이 무신들을 움직여서 정서와 김돈중을 쳐 내고 개경을 완전히 장악하는 수를 쓸 수도 있었다.

'일단은 그렇게 되지 않기를 바라는 수밖에.'

정민은 생각을 가다듬었다.

일단은 다시 5월 무렵이 되면 병력을 이끌고 금나라로 가야만 했다.

그사이에 왕연과의 혼례도 치러야 하고, 무신들을 완전히 다독여서 자신의 편으로 만들어 놓아야만 했다. 그리고 그동안 임금을 정서가 견제할 수 있도록 문관들 사이에서도 지지자를 만들어야 했다.

이런 일에는 늘 경비가 드는 노릇이다.

'벽란도와 동래에 연락해서 김유회와 하두강에게 재물을 준비해 놓도록 해야겠다.'

정민은 생각을 마치고서 아버지 정서를 바라보았다.

머리가 새어 가고 있는 그에게서는 노회한 권력가의 냄새보다는 오히려 인자한 아비의 분위기가 풍기고 있었다.

참으로 별난 사람이라고 생각하면서 정민은 입을 열었다.

"상장군 정중부는 돌아오게 되면 큰 역할을 해 줄 사람입니다. 제가 출정해 있는 동안 그를 완전히 우리 사람으로 만들도록 해 보겠습니다. 그동안 아버님께서는 개경을 완전히 손안에서 움직이셔야 합니다. 임금의 주변에 있는 왕광취나 백선연 등은 그냥 내버려 두십시오. 그들까지 막아 버리면 궁지에 몰린 임금이 무슨 방향으로 나올지 모릅니다. 김돈중과 연결될 수도 있습니다. 그러니 김돈중과는 당분간 좋은 관계를 유지하시고, 무신들을 다독이는 데에 힘을 쓰십시오. 그들이 등을 돌리면 저희가 곤란해집니다."

"무슨 말인지 충분히 알았다. 너무 걱정하지 않아도 좋을 것이다."

정서 또한 정민이 말하는 바에 대해서 다 생각이 있었다. 그 또한 노회한 정치인으로서 이러한 상황에서 어떠한 패를 두어야 하는지에 대해서 머리가 기민하게 돌아가는 사람이었다.

정민의 진언이 그래서 값진 책략이라는 사실도 잘 알고 있었다.

정민이 지금은 온갖 질시를 받으면서 다시 죽을지 모르는 길로 병대를 이끌고 가야 하지만, 성공하여 돌아온다면 사실상 고려에서 그 위용이 누구에도 따를 길 없는 사람이 되어 있을 것이라는 것은 정서도 잘 알고 있었다.

때문에 그 성공이 그르쳐지지 않도록 그동안 고려 내의 정치적 다툼을 잘 조절해 놓아야만 했다. 그것이 동래 정 씨가 한 걸음 더 나아가게 해 주는 기반이 될 것이었다.

"섣부른 이야기는 하지 않겠다. 그러나 네가 이번 일에 성공만 한다면, 이제는 완전히 다른 세상이 열릴 것이야. 이제 우리는 새로운 출발점에 섰다."

정서는 단호하게 말 했다. 실패란 있을 수 없었다.

"반드시 성공하겠습니다. 필요하다면 이공승의 목을 베어서라도 그리하지요."

정민 또한 독한 마음을 먹고 있었다. 국면의 반전을 도모하여 길을 넓게 열기 위해 스스로 이런 복잡한 정치판 안으로 몸을 밀어 넣은 상황이었다.

퇴로는 없었다. 실패하면 죽음뿐이오, 성공하면 새로운 시대를 열 가능성을 얻을 수 있었다. 이번 일은 성공해야만 했다.

"이공승은 참으로 어려운 자다. 나로서는 그가 협력을 해 줄지 오히려 어깃장을 들고 나올지조차도 예측을 할 수가 없어. 그러나 확실한 것은 그는 임금의 편도 아니고 우리의 편도 아니라는 사실이다."

이미 임금과는 척을 지기 시작한 정 씨 일가였다. 임금의 미움이야 예전부터 사고 있었으니 더 이상 임금과 가까워져서 권력을 보전하겠다는 생각은 버려야만 했다.

이제는 임금과 패를 놓고 싸우는 새로운 전장이 되었다. 이제 이공승 같은 인물들도 패로 놓고 수를 부려야만 했다. 어렵다면 어려운 싸움이 될 것이었다.

그러나 정서는 정민을 믿고 있었고, 정민도 정서에 무한한 신뢰를 주고 있었다. 두 부자의 결속이 지금까지의 성공을 가져왔었다. 그것이 앞으로도 계속될 수 있음을 두 사람은 믿어 의심치 않았다.

"쉽지는 않을 것입니다. 그러나 생각만큼 어렵지도

않을 것입니다. 이제부터는 앞으로 나아갈 길만 남아 있습니다. 속단을 할 수는 없겠지만 말입니다."

단서를 붙이기는 했지만, 정민은 확신을 하고 있었다. 완안옹이 이길지, 완안량이 이길지는 알 수 없었다. 그러나 두 인물을 모두 본 정민은 완안옹에게 판돈을 걸었다.

그리고 이 일이 성공한다면 각장 세 곳만이 열리는 것이 아니라, 금나라 육로를 통해 서하와도 연결이 될 수 있었다.

서하에도 인맥이 생겨 있으니, 이제 정민은 서역의 물품까지도 직접 고려로 실어 나르며 막대한 재보를 쌓을 수 있게 되는 것이다. 또한 남송과의 국교 회복과 교역의 확대를 노려볼 만한 상황이 되었다. 하나는 주희를 통한 1황자인 건왕(建王)과의 연결이오, 다른 하나는 조인영을 통한 정치적인 진헌(進獻)이었다. 일본은 김유회의 들은 대로 줄을 연결해 놓은 타이라노 키요모리의 천하가 되었으니, 고려를 중심으로 사방으로 뻗은 무역로가 이번 일을 통해서 정민의 손에 들어올 수 있게 되는 것이었다.

이를 통해 얻어질 막대한 이익은 그대로 고려 내의

정치에도 사용될 수 있었다. 어차피 위태롭게 정치를
해 나아갈 상황이라면, 이렇게 큰 판돈 걸린 일에 어떻
게든 뛰어들어 자기 몫을 챙겨야만 했다.

1161년의 한 해 동안 벌어질 일에 많은 것이 걸려
있었다. 정민은 각오를 다지고 칼날을 벼려야 했다.

〈『왕조의 아침』 제6권에서 계속〉